山折哲雄×綱澤満昭
Yamaori Tetsuo　Tsunazawa Mitsuaki

ぼくはヒドリと書いた。宮沢賢治

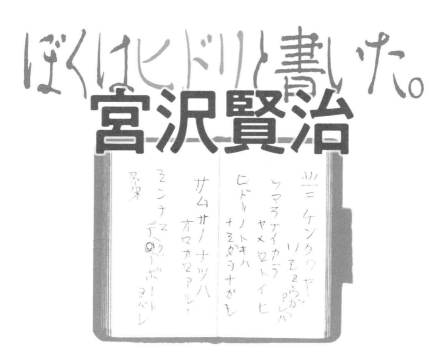

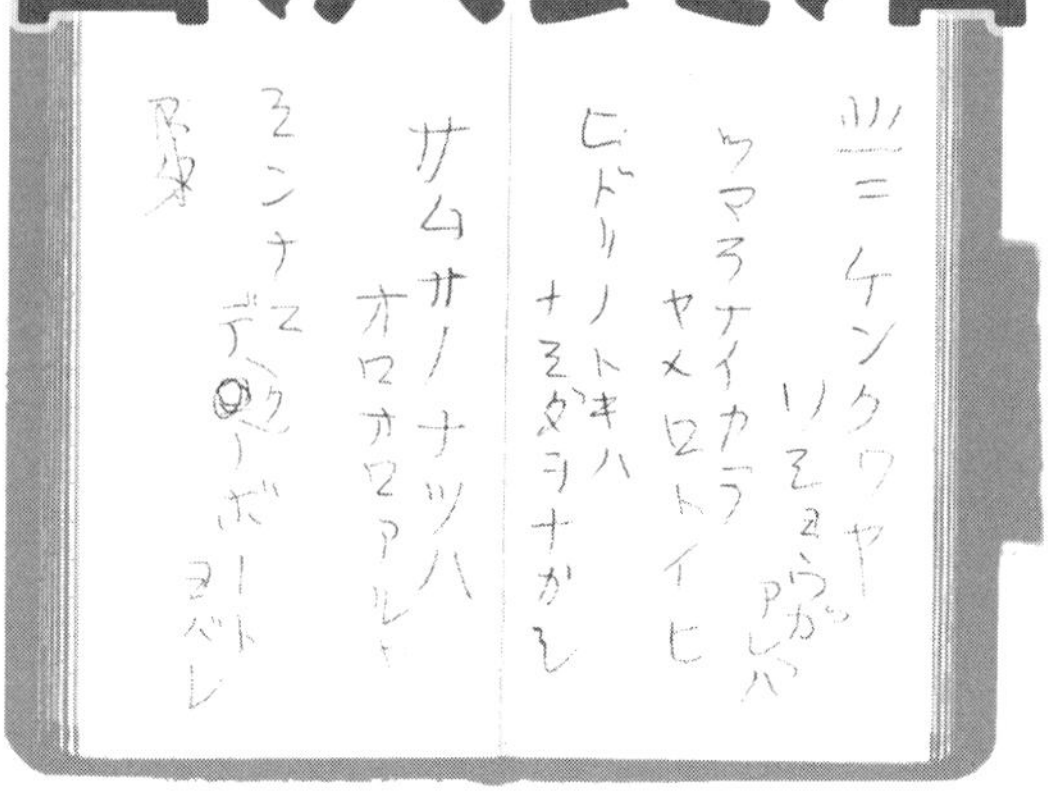

海風社

ぼくは　ヒドリと書いた。　宮沢賢治

まえがき

それにしても、宮沢賢治という人は、よくわからない人である。色々な顔をこちらに向けるから、どれが真の姿かわからないというような問題ではないのだ。

私は、いくつかの刃物を用意して、それで切れば、なんとかなると思っていた。しかし、それは大きな間違いであった。切ろうと思えば思うほど、謎は深まるばかり、そういうことに気づいたのである。完敗である。

私の持っている拙い言語や観念では説明しきれない世界が、賢治のなかには無限に存在している。

資料が不足しているとか、誰かが真実を隠しているといったようなことではない。

切る力がない、透視する目力がこちら側にないということなのである。

賢治の世界に接近しようとするには、おそらく、「縄文的透視力」といったようなものが要るのではないかと思う。それは現実を超えたところにある。私などが呼吸しているようなところとは、大きくかけ離れた無意識という世界にあるものかもしれない。

賢治の広漠とした世界というものは、現存する知識をもってしては、到達することのできないところにあるように思う。

私などが見よう、聞こうと意識した瞬間に、対象物は姿を消してしまう。

文字以前の世界、そういうところで悠々と遊んでいる賢治のこころが、私のような人物にわかるはずがない。

それでもと思い、「まえがき」になるかどうかわからぬが、いま、私が持っている拙い言語という道具でもって、賢治の特徴の一つを「邪推」しておきたい。

日本の「正史」には、描かれることのなかった縄文の世界に、賢治は無意識のなかで、ロマンをつなぎ、そこで酔いしれていた。そこに存在するすべてのものと、共振し、わが身をその世界に横たえたいと思っていたにちがいない。

彼は間違いなく、東北の人であった。生涯の大部分をこの地で過ごした。思想の原点はここにある。

縄文文化の花は咲いたが、この地は、農本的天皇制国家の中心文化からは排除されていた。衣・食・住で苦難の歴史をきざんできた。蝦夷の住む地は、農本的天皇制国家の地ではなく、軽蔑され、圧迫され、差別されてきた。

中央とは異質の文化を持ち、それはどこまでも劣等なものとして位置づけられた。このことにより、日本人の内面に、深く、濃く宿る縄文の「色」や「におい」は、消去され、抹殺されることになった。

賢治はその地に蠢く霊力を呼び戻し、人間以外の生物と共存しながら、そこに湧出する情念を唄い、そして踊った。

この賢治のなかにある無意識の唄や踊りが、この腐った現代に生きる私たちに、わかるはずがない。わかったと思うのは、幻想であるか、それとも腐った網にかかったなにかの残滓であるにすぎない。

親友である保阪嘉内に、「本統の百姓になって働く」と言った賢治であるが、彼が鍬や鎌を持って田畑にいる姿は思い浮かばない。

彼は山が異常に好きだった。運動神経のにぶい賢治が山の登降は活発で、その健脚ぶりは別人のようだったといわれている。山中では、山の霊力が彼の体内に侵入し、休んでいた魂が息を吹きかえしたのであろう。

山も川も草も木もアミーバもすべて賢治の仲間で、彼らのつぶやきを賢治は聞き取れたのである。太古の昔に共存したコミュニケーション用の共通語を彼は持っていたにちがいない。そこにおける賢治の言動は、すべて祈りにつながる。

「雨ニモマケズ」という詩について、詩の優劣などどうでもいいのである。これは祈りなのである。祈りに優劣などない。

綱澤 満昭

まえがき　綱澤満昭　2

第一章　手帳の中の「雨ニモマケズ」の真実

◉「ヒドリ」と「ヒデリ」をめぐる和田文雄氏の論文から　14
和田文雄『宮沢賢治のヒドリ―本当の百姓になる』／詩人論「宮沢賢治の『ヒドリ』と高村光太郎の『ヒデリ』」／「永訣の朝」／あめゆじゅ とてちて けんじゃ／東北方言／長岡輝子／方言論争／柳宗悦／草野比佐男「村の女は眠れない」／小倉豊文／照井謹二郎／入沢康夫

◉高村光太郎の墨書のナゾと罪業意識　25
新宿モナミ会合／谷川徹三／草野心平／藤原嘉藤治／小倉豊文／永瀬清子／辻潤／佐藤惣之助／宮沢清六／中村稔／戦争協力の罪責感／高村光雲／花巻疎開／『典型』序文／東畑精一／中世的厳粛性／亀井勝一郎／正富汪洋／小林一茶

◉切り離された宗教と文学　42
「雨ニモマケズ」／南無妙法蓮華経／マキャベリ「君主論」／信仰と芸術／語りの文化／グリム／アンデルセン／夏目漱石『草枕』／近代的自我／低回趣味／谷川徹三と中村稔の論争／今野勉『宮沢賢治の真実‐修羅を生きた詩人』／文語詩／妹トシの自省録／「永訣の朝」／菅原千恵子『宮沢賢治の青春‐〝ただ一人の友〟保阪嘉内をめぐって』／『アザリア』／内村鑑三／天皇制／日蓮宗／石原莞爾／北一輝／国家改造論／農本主義／橘孝三郎／加藤周一／「超越」と「神秘」／書家・石川九楊／臨書

◉方言を手がかりに　75
今野勉『宮沢賢治の真実―修羅を生きた詩人』／若竹千佐子『おらおらでひとりいぐも』／門井慶喜『銀河鉄道の父』／岩田シゲ『屋根の上が好きな兄と私―宮沢賢治妹・岩田シゲ回想録』／東北方言／「ヒドリ」と「ヒデリ」／方言論争／柳宗悦／超越的な視点／上田万年／山口謠司『日本語を作った男：上田万年とその時代』／水村美苗『日本語が亡びるとき　英語の世紀の中で』

第二章　賢治が愛した人々

◉賢治のセクシャリティと保阪嘉内　88

菅原千恵子『宮沢賢治の青春―〝ただ一人の友〟保阪嘉内をめぐって』／保阪庸夫・小澤俊郎『宮澤賢治 友への手紙』／修羅／銀河／中原中也／カムパネルラ＝保阪嘉内／自省録／今野勉『宮沢賢治の真実―修羅を生きた詩人』／『農民芸術概論』／宮沢淳郎『伯父は賢治』／斉藤宗次郎『二荊自叙伝』／ＬＧＢＴ／高瀬露／精神病理学／青春の喪失／華厳の滝／藤村操／若者宿・郷中組／私《わたくし》の生活／大正デモクラシー

◉重なる悲恋、妹トシの自省録　117

音楽教師／三角関係／新聞記事／自省録／宮沢淳郎『伯父は賢治』／今野勉／口語文語詩／菅原千恵子／高瀬露／悪女露／臨床心理士／矢幡洋『賢治の心理学―献身という病理』／鈴木守『宮沢賢治と高瀬露』／野獣になれない

◉斎藤宗次郎とデクノボー論　142
児玉佳與子／「雨ニモ負ケズ斎藤宗次郎」／『二荊自叙伝』／栗原敦／花巻のトルストイ／中村不折／内村鑑三／非戦論／日本のナショナリズム／「陸中花巻の十二月廿日」／「弟子を持つの不幸」／親鸞／「弟子一人ももたずさふらふ」／最期の看取り／暁烏敏／ジャポニスム／法華経／アニミズム／島地大等／田中智学／国柱会／堀尾青史／山本泰次郎／「二青年の対話」／ベジタリアン／肉食の告白／宗教に対する寛容さ／生き方の問題／隠者の系譜／木鶏

第三章　賢治と「農」の関係

◉「東北」という背景　178
縄文／『日本書紀』／蝦夷／稲作人／「原体剣舞連」／悪路王／アテルイ／定村忠士『悪路王伝説』／久慈力『宮沢賢治―世紀末を超える預言者』／坂上田村麻呂／伊能嘉矩／柳田国男『石神問答』／慈覚大師／毘沙門天信仰／『日本紀略』／沢史生『閉ざされた神々』／ヨーロッパ文明／東北の辺境性／斎藤茂吉／石川啄木／中原中也／北原白秋／室生犀星／方言／盆地／海浜／「遠野物語」の世界／グリムとアンデルセン

◉賢治は農本主義者か　197
村落共同体／縄文人の感情／「もうはたらくな」／菩薩行／松田甚次郎『土に叫ぶ』／吉田司『宮澤賢治殺人事件』／川村邦光「賢治の弟子 松田甚次郎試論―東北農民運動家の『農民劇』をめぐって」／加藤完治／「小作人になれ」／演劇／農村復興運動／ヴ・ナロードの運動／ミレー／農村回帰／橘孝三郎／愛郷塾／満蒙開拓／労働と遊び／ホイジンガ／羅須地人協会／堀尾青史『宮澤賢治年譜』／「負い目」という問題／菅谷規矩雄『宮沢賢治序説』

◉山男・縄文・童子・鬼　216
「なめとこ山の熊」／イヨマンテ／山人／宇宙語／ポール・ラファルグ『怠ける権利』／梅棹忠夫『わたしの生きがい論―人生に目的があるか』／「祭りの晩」／社会契約論／柳田国男『妖怪談義』／牛飼童子／童心／「童心に帰る」／李卓吾『焚書』／吉田松陰／吉備津神社／温羅／藤井駿『吉備津神社』／桃太郎／酒呑童子／源頼光／中也の詩の中の風／風が吹いて始まり風が吹いて終わる／青森挽歌／アニミズム／万物生命観／神隠し／寒戸の婆／黒船の来航

第四章　最後をどう生きるか

第一章　手帳の中の「雨ニモマケズ」の真実

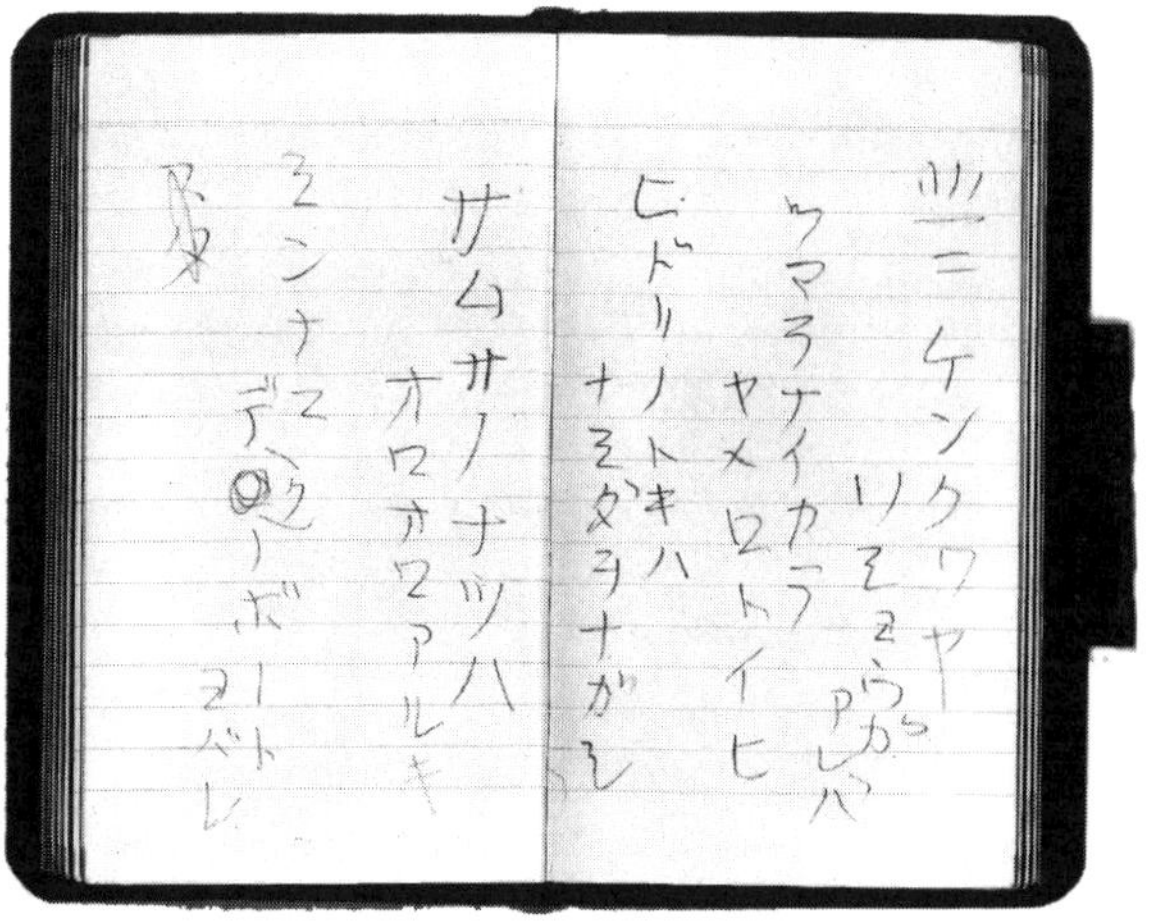

◉「ヒドリ」と「ヒデリ」をめぐる和田文雄氏の論文から

和田文雄『宮沢賢治のヒドリ ― 本当の百姓になる』／詩人論「宮沢賢治の『ヒドリ』と高村光太郎の『ヒデリ』」／「永訣の朝」／あめゆじゅ とてちて けんじゃ／東北方言／長岡輝子／方言論争／柳宗悦／草野比佐男「村の女は眠れない」／小倉豊文／照井謹二郎／入沢康夫

綱澤　宮沢賢治の「雨ニモマケズ　風ニモマケズ」は教科書に載るくらいですから誰でも知っている詩ですが、その中の「ヒデリノトキハ　ナミダヲナガシ」のフレーズ、でも実際に賢治の手帳に書きつけられていたのは「ヒドリ」でした。「ヒドリ」説と「ヒデリ」説についてはすでに決着がついているのでしょうか。

山折　「ヒドリ」と「ヒデリ」の問題には方言がかかわっています。賢治が詩の中になぜ方言を取り入れたかという視点で方言を含む言葉の問題をみますと、私は和田文雄さんの仕事がにわかに浮かび上がってくるだろうと思っているのです。

和田さんの『宮沢賢治のヒドリ ― 本当の百姓になる』二〇〇八年ですね。この本はコールサック社から。コールサック社ってのはなかなかいい作品を出すところですよね。

そして、その観点からこの問題についてさらに深い掘削を、和田さんは最近まで続けてこられています。そのなかで私が非常に感心した論文が二〇一二年『詩界』誌に出た詩人論「宮沢賢治の『ヒドリ』と高村光太郎の『ヒデリ』」です。

綱澤　この問題は、それぞれの説の背景をきれいに整理する必要がありますし、とくに当時の東北・花巻の自然環境、稲作との関係を実証する必要があると

山折　思いますが、それで、その論文はどのような内容ですか？

全部「ヒドリ」と「ヒデリ」の問題、方言の問題に深くかかわっている。つまり、高村光太郎がなぜ「ヒデリ」というふうに書き直したかという問題に切り込んでいるわけです。このことから、賢治死後の時代から現在に至るまで続いている賢治研究にとっては、非常に重要な方言の問題がそこで提出されたと私はみています。

それで、その和田さんの議論に入る前に、私はある仮説をもっていたことを言っておきたい。それは例えば宮沢賢治作品の解釈についてです。「春と修羅」もそうですが、まず注目したいのは「永訣の朝」。「永訣の朝」の中に出てくる「あめゆじゅ とてちて けんじゃ」。「あめゆじゅ とてちて けんじゃ」の場面は実に印象的に書いてあるでしょう。そこで、標準語と括弧入りの東北方言を交互に出しながら詩を書いている、その賢治の手法をどう理解するかということですね。それを考えるために、賢治の作品を朗読した作品を色々聴いてみました。だいたい標準語を元にして、方言のほうは、いわば脇役として位置づけて、解釈している。読み方ももちろんそうなっている。ほとんどすべてそうなんですよね。そのなかで賢治作品における方言の役割、位置

綱澤　というものを高く評価して朗読しているのは長岡輝子さんぐらいなんですね。その『雨ニモマケズ』と『注文の多い料理店』の朗読を聴くと、それがよくわかる。

山折　長岡さんは『おしん』のときに語りをした人ですね。

綱澤　そうです。この人は盛岡の出身。

山折　そうでしたね。

綱澤　岩手方言はよく知っている人ですが、東京に出て文学座の女優さんになった。きれいな標準語をお使いになるんですが、お目にかかろうと思ってたところが、もう亡くなってしまわれた。ぜひ、その朗読をお聴きになったらいいと思います。なかでも「永訣の朝」の方言が実にすばらしい。

山折　「永訣の朝」では新しい情報があります。妹のことを一つも書いてないというんですね。雪を取ってくるときに妹が賢治に傘をさしかけてやったんだというようなことを。

綱澤　妹のシゲさんですね。

山折　ええ。

「永訣の朝」の世界では、兄の賢治が語っている標準語の言葉使いからだけでは、その兄妹二人の世界はわからないだろうというのが私の仮説です。あそこで賢治の語る標準語はむしろ脇役で、シテの役割を果たしているのはトシの方言のほうなんだと思うんですね。そう解釈しないと、この詩の全体を解釈することはできない、いつまでたってもその本質には届かないだろうと前から思っていたんですよ。

綱澤　標準語が主役で方言が脇役というのは沖縄の方言論争でもそうなんです。標準語が主役で、脇役として方言を使えばいいじゃないかということを、柳宗悦も、それはそう考えてはいますが、方言を抹殺しようとすることに対して怒っているのです。今のお話のように、方言が主役になるという世界がこないと土着の文化は生き返らないですよ。もう死んでしまうんです。

山折　そういう観点からも「雨ニモマケズ」のあの「ヒドリ」と「ヒデリ」の問題を捉えると、いかに重大な誤読、誤解をしていたかということが明らかになるのではないかと思います。

綱澤　当時の農村の実情というものを深く知れば、そういう思想的な意味からいって「ヒドリ」説は、それなりの根拠をもっていると思うんですがね。高村光太郎はどうして「ヒデリ」と言ったのでしょう。

山折　そこなんですよ。そして、その問題に深く踏み込んだ最初の人が和田文雄さんだと思いますよ。まずこの論文、「宮沢賢治の『ヒドリ』と高村光太郎の『ヒデリ』」のことと和田さんのことをちょっとご説明したほうがいいかな。

綱澤　そうですね。お願いします。

山折　この和田文雄さんという人は農林試験場の技師として長年の間、農村、農業、イネ等々のことを研究し続けてきた人です。そのうえで詩人としても名のある人です。今は東京にお住まいですが、『詩界』というポエムの世界の雑誌に書いたのが、この論文「宮沢賢治の『ヒドリ』と高村光太郎の『ヒデリ』」です。つまり、賢治研究家であり、農業の専門家であり、そして詩人でもあるという、この三者を総合したようなキャラクターをおもちです。だからかどうか、文章はどちらかというと非常に晦渋なんだな。晦渋だけどいってることは非常に深い、鋭いことをいっていると思いますね。

なぜ高村光太郎が「ヒドリ」を「ヒデリ」と書き誤ったのか。あるいは、知ったうえで、承知のうえで書いたのかという秘密にまで迫ろうとしている。そういう論文です、これは。

綱澤　なるほど。興味深い論文ですね。賢治が亡くなる前年、昭和七（一九三二）

年の五・一五事件のときの農村の状況というのは惨憺たるものですからね。そのときに、賢治は叫んでいるんですよ。兼業化と共に出稼ぎという悲劇が生まれた。そして、兼業収入が農家の収入の51％となった。要するに出稼ぎにでないと飯が食えないという時代ですから、夫が一年近くも出稼ぎにいくんですよね。『村の女は眠れない』（光和堂、昭和四九年）という本を書いた草野比佐男という人がおりますが、夫が横に寝てくれないと女は眠れないという出稼ぎの悲哀というものを書いています。

長い詩なので、一部紹介します。

村の女は眠れない

女は腕を夫に預けて眠る
女は乳房を夫に触れさせて眠る
女は腰を夫にだかせて眠る
女は夫がそばにいることで安心して眠る
……（略）……

村の女は眠れない
どんなに腕をのばしても夫に届かない
どんなに乳房が熱くみのっても夫に示せない
どんなに腰を悶えさせても夫は応えない
夫が遠い飯場にいる女は眠れない

山折　こういう詩の感覚からだと、単純に日照りで凶作になったから、涙を流して泣くというのはちょっと違うような気がしますね。

色々と議論はありますが、結論から言ってしまいますと、賢治の「雨ニモマケズ」の中に出てくる「ヒドリ」の問題は三つの説が可能だと私は思っています。一つは、直したとされる干魃の日照り説です。それから、二番目が日取り、出稼ぎ手間賃。三番目が独り。

綱澤　独りね。だとしたら、あとで研究する人は、原文どおり「ヒドリ」と書いて、「ヒデリ」の場合も考えられるし「ヒトリ」のことも考えられるという注をつけて語るべきじゃないかと思います。それがいきなり「ヒデリ」になってしまうということは、その裏に目に見えない圧力のようなものが働いたのではないでしょうか。それでは賢治の本意がどこにいってしまったかということになります。

山折　花巻方言で「ヒドリ」というと、「俺、『ひどり』で行くよ」となり、まさにここは独りになってますね。これは小倉豊文さんがそういうことを言ったことがある。それから、日銭稼ぎの日取りだということを言った人が賢治の

宮沢賢治の詩「雨ニモマケズ」

ヒデリではなくヒドリ

自筆原文に明記

なぜか「日照り」定着——

「記念会」理事長が新説

宮沢賢治の代表的な詩としてあまりにも有名な「雨ニモマケズ」。この中の「ヒデリノトキハ　ナミダヲナガシ」の一節について、財団法人宮沢賢治記念会の照井謹二郎理事長(八三)が、「ヒデリ」は原文のままに「ヒドリ」とすべきだとする解釈を打ち出し、論議を呼んでいる。「ヒドリ」とは、岩手方言で小作人の日雇い給金の意味で、詩の解釈に微妙な修正を迫ることになる。このほど開かれた五十七回忌記念の「賢治祭」(同会と花巻市主催)の朗読で初めて「ヒドリ」と読ませたが、さらに同会発行の「イーハトーブ通信」で正式発表する。

宮沢賢治

▲日照り▲　▲日雇い給金▲

ツマラナイカラ
ヤメロトイヒ
ヒドリノトキハ
ナミダヲナガシ
サムサノナツハ

はっきり「ヒドリ」の文字が見える原文
(宮沢賢治記念館所蔵の原本からコピー)

宮沢賢治記念会の照井謹二郎理事長

「雨ニモマケズ」は、三十五歳の賢治が昭和六年十一月、病床で手帳に九ページにわたり鉛筆書きしたもの。賢治は同年九月、砕石工場の仕事をしていて胸を患い、上京中の宿で遺書を書いて花巻に戻っていた。賢治自筆の手帳の原文では「ヒドリ」だが、死亡(昭和八年)した翌年に地元紙が一周忌追悼号で初公開した際に「ヒデリ」と書かれ、以後、なぜ「ヒデリ」になったか判然としないまま「ヒデリ」が定着、賢治研究者が"教科書"とする「校本宮沢賢治全集」(筑摩書房刊)でも「ヒドリ」を誤記とし、「ヒデリ」を採用している。

照井理事長は、新解釈の根拠として、①花巻市の南部では昭和初期ごろまで、小作人などが日雇い仕事でもらう金を方言で「ヒドリ」あるいは「ヒデマドリ」と言った②賢治は大正十五年四月に家を出て農耕自炊生活を営むまでのほとんどを、同市南部にあたる現在の同市桜町の実家に住んだ③この農耕生活で賢治は農民の指導にも当たり、小作人の苦しい生活を実感。日雇いに出なければ生活できない小作人の貧しい暮らしを憂い、悲しみながら詠んだ——と主張している。

照井理事長は、この「ヒドリ」説を、先月十六日、賢治研究家ら二十人ほどが参加して東京で開かれた「宮沢賢治のひろば」の席上、初めて紹介。その後、理事長の元にはヒドリ説に賛同する感想の手紙、声が多く寄せられたという。

このヒドリ説について、「宮沢賢治研究会」の佐藤栄二会長(五三)は「詩ができて六十年近くたち、これまでの解釈を見直すきっかけになるかも知れない。書き間違いとして片づけてしまうのには慎重な態度が必要と思う」と話している。

「サムサノナツハ…」に対応
詩の格調損なうとの批判も

しかし、別の著名な賢治研究家(岩手県在住)は、「詩全体の意味合いと、次の行の『サムサノナツハ　オロオロアルキ』との釣り合いからも、やはり『ヒデリ』でなければならない。熱心な仏教信者だった賢治は、この詩で仏教の真髄を表したのであって、農民の貧しい生活を哀れんで詠んだとすれば、次元が低くなってしまう」と従来の解釈を支持している。

「雨ニモマケズ」の詩については、哲学者の故谷川徹三氏が「明治以後の日本人がつくったあらゆる詩の中で最高の詩」と絶賛するなど多くのファンを持っただけに、今後の論議の展開、行方が注目される。

宮沢賢治　明治二十九年、花巻市生まれ。盛岡高等農林学校卒業後、稗貫農学校(現・花巻農高)で教べんをとりながら童話の創作と作詩を開始。大正十五年に退職後、開墾生活に入り、農業改善に献身。詩集「春と修羅」、童話集「注文の多い料理店」などがあり、昭和八年の没後に未定稿「銀河鉄道の夜」などの童話が発見された。作品は、ヒューマニズムと、農村への愛情で貫かれている。

1989年10月9日付読売新聞31面より

まな弟子の一人、照井謹二郎さん。この人は賢治の死後、賢治記念会の会長か理事長かを長くやった人で重要人物です。この人が「ヒドリ」だという説を出した。

綱澤　それは新聞記事にもなりました。

山折　ところがいつの間にか、あれは東京の研究者たちを通して「ヒデリ」になっていくんですね。それが現在の筑摩書房から出ている校本全集の定説になって、それからは教科書も「ヒデリ」ですよ。あらゆる研究書でも「ヒデリ」になっていく。そのことを賢治学会の重鎮の一人、入沢康夫さんが、この人は天沢退二郎さんと一緒に全集編纂にあたった人で、重要な方です。その入沢さんが、賢治は「ヒドリ」と「ヒデリ」を誤用していると言っています。その前後で「ヒデリ」のことを「ヒドリ」と言ったり、「ヒドリ」を「ヒデリ」と言ったりしている。実はそういう使い方をしているんですよ。そういうことを考えて、あれは賢治の誤用だろうということで、「ヒデリ」説を採用して全集に入れた。これが内外の教育者や研究者の間で受け入れられて、それで定説になっていった。しかし、それはやっぱり照井謹二郎さんの言った、「ヒドリ」ではないのかということに和田文雄さんは食いついて、それで当時の日本の農村の事情から飢饉の状況等々含めて議論を展開している。で、この「ヒドリ」というのは出稼ぎ、日銭稼ぎの手間賃稼ぎのことだということを、膨大な資料をもとに前に掲げた『宮沢賢治のヒドリ－本当の百姓になる』の中で力説しているわけです。

◉高村光太郎の墨書のナゾと罪業意識

新宿モナミ会合／谷川徹三／草野心平／藤原嘉藤治／小倉豊文／永瀬清子／辻潤／佐藤惣之助／宮沢清六／中村稔／戦争協力の罪責感／高村光雲／花巻疎開／『典型』序文／東畑精一／中世的厳粛性／亀井勝一郎／正富汪洋／小林一茶

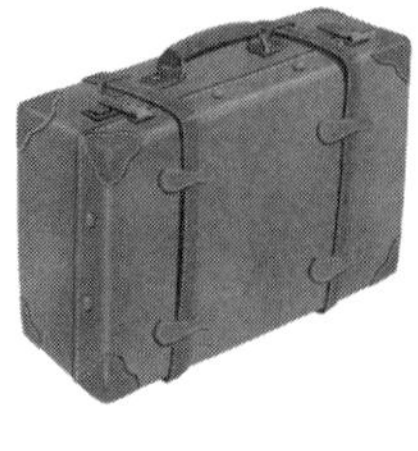

山折　では、なぜ賢治の手帳にあった「ヒドリ」が「ヒデリ」と読み替えられてしまったのかというと、その中心的な人間が高村光太郎なんですね。高村光太郎が詩人としていったい何をどうやって、どうして花巻にやってきたのか。そして賢治が残した、たくさんの原稿をのみこんでいたあの大きなトランクの中身をどうするか。弟の清六さんとともに関係者が集まって話し合いが始まる。そのなかに中心的な重要人物として光太郎がいる。

綱澤　そのトランクの中のポケットから手帳が見つかったということですね。

山折　とにかく、「雨ニモマケズ」は光太郎が書くことになった。ところが、しばらくして彼は、原文とは違う文章を書いてしまったということに気がつく。

気がつけば訂正するわけですよね。しかし、既にその場では「ヒデリ」説が承認されていくという状況だった。そこで、高村光太郎は、いったい何をどうしたのかという問題が出てくるわけです。そして、和田文雄さんが論文（詩人論「宮沢賢治の『ヒドリ』と高村光太郎の『ヒデリ』」）でそのことを書くわけですね。彼は詩人だから、そういう立場からも光太郎を非常に高く評価しているんです。賢治が亡くなるのが昭和八（一九三三）年。それで、死ぬ直前に手帳に書かれた「雨ニモマケズ」の本質は何だったたか、という問題を取り上げて論じていく。とにかくこうして、昭和十一（一九三六）年、新宿で第一回賢治研究会が開かれるんですね。

綱澤　その二年前に草野心平の肝いりで東京の「宮沢賢治友の会」が開かれていますね。

山折　賢治が昭和八年九月に亡くなり、それで開かれた新宿のモナミ会合が昭和九（一九三四）年二月一六日。そのあとになって、光太郎の墨書、碑を作るための下書きとして書いたのが昭和十一年八月から十一月の間だろうといわれています。

これから賢治の全集を出そう、そういうことで新宿に集まってもらっていた。その友人、知人たち、そこに出席した人たちはおそらくその原文について議論していた。手帳の原文を目の前で見ているわけですからね。下の写真は昭和九年の友の会のものですから、入っていない人もいますが、「手帳」を見ていたのは、谷川徹三、

資料提供　林風舎

賢治没後の昭和 9 年 (1934)、新宿モナミにて
前列右より、折居千一、瀬川信一、永瀬清子、菊池武雄、宮澤清六、高村光太郎、岡村政司、八重樫祈美子、梅津善四郎、後列右より、巽聖歌、新美南吉、神谷暢、右京就逸、鱒沢忠雄、深沢省三、土方定一、草野心平、尾崎喜八、逸見猶吉、吉田孤羊、儀府成一

草野心平、藤原嘉藤治らの面々です。それから小倉豊文、民俗学者の永瀬清子。それに辻潤。東京で辻潤が非常に早い段階で『春と修羅』を評価しています。それから佐藤惣之助。それに宮沢清六ですね。このぐらいの人々がおそらく見ているんです、この手帳そのものを。だから、その手帳に「ヒドリ」と書いてあるのは見たはずですよ。ところが、なぜ光太郎は見たときから二年足らずの間に墨書を頼まれたときに「ヒデリ」にしてしまったのかということですね。

それをこれから和田文雄さんの説に沿って、考えてみたいんです。手帳が復刻されたのが昭和四二（一九六七）年です。光太郎が碑文をつくるための「雨ニモマケズ」の後半部分を墨書したとき、手帳そのものはまだ公開されていない。宮沢家に保管されているわけだから、誰も見ることはできなかっ

た。手帳と光太郎が墨で書いたもの、その二つが公表されたのが平成二八（二〇一六）年。それなら、なぜそのときまで賢治記念館で展示されなかったのかということになりますね。これが不思議なんです。

このことについては、三年前の平成二八（二〇一六）年になって、地元の新聞「岩手日報」紙に、次のような記事が載りました。参考のため一部引用しておきましょう。

「雨ニモマケズ」手帳現物を公開

岩手県花巻市矢沢の宮沢賢治記念館（鎌田広子館長）は、八月の賢治生誕一二〇年記念特別企画展で、詩「雨ニモマケズ」をつづった賢治の手帳の現物と、賢治詩碑に刻まれた高村光太郎の書の原文を同館初公開する。

手帳は全一六六ページ。賢治が生前持ち歩き、自身の願いや法華経の題目などをつづった。病床で雨ニモマケズを記した。

「作品意識がない私的なメモ」のため同館が保管する資料の対象外として宮沢家が管理していたが、東日本大震災後に雨ニモマケズが再注目されたことなどがきっかけとなり、数年前から全国の展示会で展示されていた。

手帳は老朽化が激しく、同館ではこれまでレプリカを展示してきたが、賢治生誕一二〇年を機に期間限定で公開する運びとなった。

雨ニモマケズは賢治亡き後、同市桜町に建立した詩碑に刻まれており、その原本となった高村光太郎の書の実物も初公開する。同館の宮沢明裕学芸員は「飾らない身近なメモだからこそ、記された中身から生身の人間としての賢治の願いや希望が伝わってくる。

（岩手日報）

綱澤　モナミでの会合から手帳復刻まで三十三年、それから手帳復刻からオリジナル公開までさらに四十九年もかかったということになりますね。

山折　ずっとあとになってからご承知のように、平成二三（二〇一一）年に東北地方太平洋沖大震災が起こって、それで賢治の「雨ニモマケズ」が世界中で朗読されるようになりました。ニューヨークやロンドンの教会で朗読されて追悼の会が行われることもありました。そんなことが重なったからだろうと推測していますが、やっぱり原本を出さなければということになったのでしょうね。それで初めて記念館で手帳が公開されるようになった。その間、長いあいだ、ずうっと原本を誰も見ることができなかった。つまり、原本と光太郎の墨書との間にどういう関係があるかということを追求する基本文献を見ることができなかったという状況が続いていたということです。

綱澤　オリジナルの公開まで、これほど時間がかかったということは、やはり光太郎の墨書の書きまちがいがあったということが原因でしょうか。出すに出せないという……。

山折　そこで、先の和田さんの論文がそういう状況を説明しながら、なぜ原文の「ヒドリ」を見ていたにもかかわらず、「ヒデリ」と書いてしまったのかという問題、その原因を和田さんは四項目挙げています。

第一がモナミに呼んだ人の記憶力が曖昧だった、会合の状況をきちんと覚えていなかったということ。記録をとっていた人がいたと思いますが。しかし、これ、記憶力の問題。

二番目が方言が都会人に理解されていなかった。ここですよ、ここが非常に重要な問題だったと私も思う。だから、方言の「ヒドリ」（あるいは、独り）を単純に標準語で解釈してしまった可能性があるという、それを二番目に挙げているんですね。

三番目が、不況の時代に入って、とくに東北で飢饉が発生し、農村がしだいに窮乏状態に追いつめられていた。そういうことを忖度して、それをあからさまに描くこと、つまり、「ヒドリ」を日銭を稼ぐという貧窮、飢饉のときに出稼ぎにいくという状況に注意をうながして、農村の疲弊したそのような状況をなんとなく隠すという、そういう意図が一つあったのではないかと。

四番目が農村、農家、農業に関する東京人の基本的な理解が不足していた。その辺の時代への洞察が非常に不足していたためではないか。

それで、「ヒドリ」を「ヒデリ」（日照り）と直して対句の形にしたということですね。この対句にしたことを中村稔氏は平凡な詩にしてしまったと批判するわけです。つまらない詩だと。対句にすることが文学的だと思う人間と、かえってそれが軽薄な詩文にしてしまったという評価と、二つ対立しているわけですけどね。中村さんは安易な対句にしたという言い方をしています。さて、それでは犯人は誰かって問題になるわけですよ。

綱澤　そうしたら、犯人はやっぱり書いた人間になっちゃうでしょう。

山折　どうしても、高村光太郎の責任ということになる。ところが、そのことを清六さんがそばで見ているわけです。その状況自体はわかっていたと私なんかには思えるんですけどね。それでも、高村光太郎が結局のところ、最後にそれを選択したと考えてそれに従って、それをそのまま承認したのか、清六さんがやっぱり直しましょうという意見を言ったのか、そういう意見に誰かが賛同したのか、この辺のことがよくわからない。その辺りの議論のなかで谷川徹三とか草野心平とか、こういう人々がどういう反応をしていたかというのも、一切不明なんですね。わかってないんです。

そこで和田さんは、当時の高村光太郎がどういう心境だったか、なぜ花巻に疎開してきたかという、その問題にさかのぼって考えを進めていくわけですね。何とか明らかにしようとしている。そこで、高村光太郎が実は戦争中、戦争協力の詩を書いていたことが浮上してくる。それで、戦争が終わる前から既に批判され始めてもいた。戦争責任を追及され、また、自分も戦争協力に加担していたという自責の念も抱いていた。その罪業意識がずっと光太郎にはあったと、私もそう思いますね。

綱澤　戦意高揚に協力した文学者や芸術家、音楽家は大勢いましたからね。とうとう立ち直ることができず表舞台から消え去った人も……。

山折　しかし、和田さんは、光太郎はもともと優れた詩人であり、尊敬おくあたわざるところの優れた詩人だ、と当然思っている。光太郎は、有名な高村光雲の子どもなんですね。実は僕もあまり知らなかったんだけれど、光雲はもともと下町の谷中かどこかの、神・仏・人の像を彫る彫刻師だった。木彫師という看板をかけて、貧乏生活をしていたというんだね。光雲は日本を代表する彫刻家だと思いますが、実はその頃貧乏生活をしていた。しがない彫刻師のせがれだったというわけです。そういう身の上もあって、光太郎は放蕩無頼の生活へ入っていくわけです。ヨーロッパに行って、帰ってきて、智恵子と結婚する。それで詩を書いて、めきめき才能をのばしていく。押しも押されもせぬ大詩人の誕生ですね。それが賢治の存在との出会いを通して、昭和二十（一九四五）年の四月の頃に花巻に疎開する。すでにこれは賢治の死後ですから、清六さんを頼って行くわけです。そのときには、戦争協力の罪責感が積もりに積もっていたはずです。その罪責感というものと、賢治の「雨ニモマケズ」の原文を書き直したということの負い目が、私の目にはどうしても重なって見える。

その詩人の心の深層が晩年の『典型』の中、その詩の言葉の一つひとつに出ていると和田さんは言っています。確かにそうなんです。晩年の戦争責任の問題と花巻に来て雪に閉ざされた独居七年の生活との関係に、それはおそらくかかわっている。その辺の光太郎の人間的な苦悩というか、そういうものが、『典型』によく表れている。その『典型』の序文の一部を彼は引くんですね、和田さんは。この序文がまた、すごい。

> そして今自分が或る轉轍の一段階にたどりついてゐることに気づいて、この五年間のみのり少なかつた一連の詩作をまとめて置かうと思ふに至つた次第である。
>
> これらの詩は多くの人々に悪罵せられ、輕侮せられ、所罰せられ、たはけと言はれつづけて来たもののみである。私はその一切の鞭を自己の背にうけることによつて自己を明らかにしたい念慮に燃えた。

綱澤　確かにこれは厳しい言葉が連なっていますね。

山折　この序文の自己反省の言葉のなかに、和田さんの文脈をたどっていくと、賢治の「雨ニモマケズ」という詩の原文を書き直したということへの自責の念が重なっている、絡まって出てくるという。世間から自分は軽蔑され、無視され、罵倒され、愚弄され続けてきたという激しい言葉でそのことを書いている、『典型』の序というのは。それは普通の読者にとっては戦争責任の罪責感に映り、こういう言葉が出てきたと思うわけですが、実はここには底流としてはモナミで見たはずなのにまちがった墨書をしてしまったというこの罪責感が重なっていると。それで、そののちに、このまちがったということが関係者の間でわかって、まちがった文章を改めてはどうかという勧めを受けているんですね、光太郎は。しかし、それを断った。自分は「ヒドリ」を「ヒデリ」と一度書き直してしまった。その事実をそのまま後世に残そうと覚悟している。自分の責任は一人で背負うという決意をそのときしたのだというわけです。だけど、それを見逃したのは、モナミに集まった人たち全員なんですね。光太郎は、全部、その罪を一人で背負ったという解釈です。

綱澤　この論文には東畑精一という農政学者が光太郎と同じように、句碑の撰文

山折　揮毫を誤って、それを改めたというエピソードが書かれていますね。和田さんは、東畑のようにまちがったことはまちがったといって訂正したという例を出しているわけです。しかし、それを光太郎はしなかった、どうしてかという文脈に立つわけですね。それは自分で罪を背負うということ、ほかの人に罪が及ぶようなことを自分でせきとめるという、そういう覚悟のようなものを浮き彫りにして、それはまさに「中世的厳粛性」そのものだという亀井勝一郎の言葉をそこに持ちだしています。ところがそのような強烈な「厳粛性」のようなものが、智恵子という福島県出身の、おそらく方言で語っていたであろう妻をああいう狂気の世界に追い込んでいったのだという光太郎に対する批判をのちの世に呼び起こしたのではないでしょうか。これは私の推測ですけれどね。

綱澤　そうかもしれませんね。

山折　やはり、方言の問題がここにもかかわっていると思うのですが。智恵子の福島方言、光太郎はそれをどう聞いていたか……。

綱澤　山折さんは高村光太郎と直接出会ったことがあるのではないですか。

山折　あります。私が旧制中学二年のときに。ちょうど花巻に疎開していたときです。街で光太郎を見つけて、そのあとをくっついていって、肉屋に入っていくところを見た。だから、一遍だけ会っているんですよ。話はできなかったけれど。

綱澤　その当時、光太郎をどんなふうにみていましたか。

山折　いや、それはすごい詩人だと思っていましたよ。なぜ花巻に来たのかと思いました。賢治を頼って来たんだということぐらいは親から聞いていましたけどね。それで、宮沢家では光太郎は神様のような人として遇していた。家族と一緒に光太郎を囲んで撮った写真がありますよ。父の政次郎さん、お母さんのイチさん。

綱澤　清六も。

山折　清六。シゲ、クニ。それに佐藤隆房も確か写っていたね、お医者さんの。だから、宮沢家の人々は高村光太郎の名誉を傷つけるようなことは一切していないし、できなかっただろうと思いますね。光太郎もまた、それだけ世話になっているわけで、お互いにあからさまに真実を語れない状況にあったのかもしれません。

綱澤　そういうことだと本当のことが出ませんわ。

山折　だから、かえって光太郎の罪責感も深まる。

綱澤　それは、そういうことがあるんでしょうね。

山折　そういう分析をこの和田さんがやっているわけです。光太郎の晩年というのはやはり智恵子との関係、賢治との関係。これらをもう少し関連づけたかたちで、そしてまた方言を媒介にしてみないといけないだろうという気がしています。それから、和田さんの論文の中にこういうエピソードがあります。明治から大正にかけて活躍した歌人に正富汪洋という人がいます。こ

資料提供　林風舎

左より父政次郎、佐藤昌、高村光太郎、弟清六、佐藤隆房、妹クニ、清六夫人愛子、母イチ、妹岩田シゲ（1954 年賢治を偲ぶ集いで）

の人は岡山県出身で、口語詩かな、詩も書いている。明治一四（一八八一）年から昭和四二（一九六七）年まで生きた人です。仲間が若山牧水とか尾上柴舟、前田夕暮などですね。この人は一茶のことを書いていますが、賢治の崇拝者でもありました。

綱澤　小林一茶のことですか。

山折　そう。昭和二四（一九四九）年、戦後まもなくですが『四次元』という宮沢賢治研究の雑誌が宮沢賢治友の会から出版されていて、この昭和二四年の号に、正富汪洋が一茶のことにふれて、賢治に対する敬愛の気持ちを表明する文章を載せているというんです。和田さんのそのくだりを見て驚きました。

名月や江戸のやつらが何知って（一茶）
夕月や江戸のやつらが何知ると（一茶）

一茶にこういう句があるということに、読者の注意を喚起しているのですが、その背後に賢治崇拝と光太郎批判の眼が光っている。「名月や江戸のやつらが何知って」という、つまり、江戸人に対する不信の念を一茶の句に託して言っています。この句碑は今、千葉県の我孫子にあるらしいのですが、その話を出しながら、和田さんは一茶のこの心情を高村光太郎にぶつけて書いているようなところが、その文章には脈打っている。それが光太郎の先ほどの『典型』の詩の中にも反響しているようです。光太郎は江戸っ子ですよ。江戸の下町っ子でありながら、しかし、その東京を罵倒する詩を書いてるんですね。和田さんはそこのところを暗に指摘しようとしています。

これは先ほどの戦争詩を書いた罪責感、そのコンプレックスとも重なっていて、光太郎の厳粛な自己批判と読むことができます。それで、東京を罵詈讒謗する文章と、一茶の、何を知ってるのか、江戸のやつらという、この句を重ねて、そして、賢治憧憬、賢治敬愛の気持ちを書いているのではないかという。

そういうことを、これからの若い世代にももっと知ってほしい。常識を変えるというのは大変かもしれませんが、「ヒデリ」説はまだまだ決まったことじゃないよということを、もう少しいろんな方面から考えてほしいと思いますね。

◉切り離された宗教と文学

「雨ニモマケズ」／南無妙法蓮華経／マキャベリ「君主論」／信仰と芸術／語りの文化／グリム／アンデルセン／夏目漱石『草枕』／近代的自我／低回趣味／谷川徹三と中村稔の論争／今野勉『宮沢賢治の真実－修羅を生きた詩人』／文語詩／妹トシの自省録／「永訣の朝」／菅原千恵子『宮沢賢治の青春－〝ただ一人の友〟保阪嘉内をめぐって』／『アザリア』／内村鑑三／天皇制／日蓮宗／石原莞爾／北一輝／国家改造論／農本主義／橘孝三郎／加藤周一／「超越」と「神秘」／書家・石川九楊／臨書

山折　最後の手帳の問題ですが、「雨ニモマケズ」というメモ、あの詩の一番最後に十界曼荼羅が出てきます。南無妙法蓮華経の題目の文字。そして、菩薩の名前も出てくる。この問題でいうと、これまで日本の教育界や賢治研究の多くは、あの部分を「詩」の本文から切り離してきたんですね。「全集」もその考え方を踏襲してきた。すべてそうでした。切り離して解釈してきました。だけど全体の流れ、あの手帳全体の言葉の流れを見ると、これは切り離すことはできない、そういう賢治の心のリズムが見えてくる。法華経信仰が賢治にとっていったいどういう意味をもつのか、仏教はどういう意味をもつのかということに、それは非常に深くかかわっている。

綱澤　切り離すことにどんな意味があるんでしょうか？

山折　実は、私の問題意識としては、昭和八（一九三三）年前後に書かれた手帳の中に出てくるあの詩を多くの人々に知ってもらうために、やっぱりあそこを切り離して編集して世の中に出そうとしたのは、はたして正解だったのかと疑っているんです。日本の近代社会においては、宗教的なものが深く絡み合ったような存在の賢治というイメージよりは、やはり詩人、文学者としての純粋形というか、そのような賢治像を世に出すという意味で、あの選択はある意味ではもしかしたら正しかったかもしれない。だけど、それは根本的にまちがいだったんですね。

綱澤　つきつめればね。

山折　本当はまちがいなんです。それをそろそろ明らかにする、はっきりさせて正していく必要があるだろうということです。

綱澤　「宗教」と「文学」を切り離すというのは「道徳・倫理」から「政治」を独立させることと符号するところがあります。例えば、マキャベリの「君主

山折　論」がそれにあたりますが、山折さんの宗教的な部分を切り離した選択が正しかったかもしれないとは、どういう尺度でおっしゃるんでしょうか。

あの部分で賢治は、「宗教的なもの」をけっして否定して書いているわけじゃない。それどころか、自分の病気のなかで、追い詰められて、先ほど言ったような諸条件のなかで、最後にこれから死んでいかなければならない、そういうときに遺言書を書くような気持ちで書いているんです、あの詩を書く前後において。自分の人生すべてをかけている。だから、あの「雨ニモマケズ」と、そのあとの題目、これがそのような緊張感のなかで連続して出てくる。切り離すことはできない。その連続の流れこそいったい何だったのかということが、むしろ問われなければならない。ここで出てくる問題は宗教と文学。あるいは信仰と芸術。美と信仰。この問題です。

綱澤　切り離した側の意図が問題ですね。

山折　伝統的に考えれば、切り離そうとしても切り離せない。それは万葉古今から新古今まで、源氏物語から平家物語、謡曲、浄瑠璃、そのすべてのこの国の歴史や伝統とずっと変わらない。すべて語りの文化がそうなっているんです。その語りの伝承のなかでその二つは分かちがたく、重なり合っているんです。それは世界のどの文学・伝統においても例外がない。賢治の場合でいえば、島地大等とか田中智学との出会いがそうだし、それがその後の彼の作品に大きな影響というか、影を落としている。つまり、仏教とのふれあいのなかで作品の多くは書かれたわけですから。その意味というのは例えると、グリム童話的な世界とそののちに登場してくる童話作家アンデルセンとの関係をみるとわかる。そこには新しくキリスト教の問題が出てくる。そして賢治はアンデルセンをよく読んでいた。ある意味で必然的というか普遍的な問題ですよね、アンデルセンとキリスト教、賢治と仏教、ということですね。ところが、「近代」というのは、とにかく文学のなかから宗教的な要素を切り離す、そういう運動から始まったという面がある。

綱澤　こういうことをやりましたね。例えば俳諧の世界でいうと、正岡子規と高浜虚子がやったことは、まさに近代俳句というものをつくろうとしているときに、宗教的なものは表面から締め出そうとしました。

山折　芭蕉の「古池や蛙飛びこむ水の音」は禅問答だという人がいますしね。夏目漱石だってそうですね。近代人のエゴイズムを追求していって、それとの葛藤の戦いに疲れ果てて、宗教の門に入ろうとして、しかしついにその宗教の「門」をくぐることができなかった。それは彼の文学の基調になっていますね。「門」に入ろうとして入れない、入ろうとしない。信仰と文学との分離、その出発点と帰着点を漱石文学というのは象徴的に映している。「近代」の宿命みたいなものですが、賢治はそれに対して、自分の人生を賭けて全身的に抗った。

綱澤　山折さんは、よく夏目漱石と宮沢賢治を比較されますが、それはどういう視点ですか。

山折　賢治の宗教志向というのは、近代の宿命的な問題意識を深く抱えていたような気がしてならない。漱石が行き悩んだ道を突き進もうとしていたと感じますね。そういう意味では漱石の脱出孔は賢治への入り口と通じている、その転換点を象徴的に示しているようにも見えますね。その「漱石↓賢治」論というのをこの辺で紹介させてもらいましょうか。少々長くなるので恐縮ですが……。

ご承知のように一五〇年ほど前、明治時代の幕が上り、夏目漱石という男が登場する。国家の命令でイギリスに留学、かの地の言葉と文学を修めて帰ってきた。眼前にそびえる西欧の知の体系に挑み、全身に背負ったその知識の重荷の解説に精神を使いはたす。やがてこの探求と献身の暮らしに疲れはて、神経衰弱になって帰国した。中学校、高等学校、大学の教師の職を転々としたが、最後になってその路線をあきらめ、朝日新聞社に入って、作家になった。

転身の契機になったのが、友人の正岡子規、高浜虚子とのつき合い、俳句仲間との出会いだった。彼らの雑誌『ホトトギス』に『吾輩は猫である』（明治三七〈一九〇四〉年）を書き、人気が高まる。ついで『坊ちゃん』（明治三九〈一九〇六〉年）……。『草枕』（同）という作品もこの頃で、外国から帰国したばかりの漱石の気分を、あとから述べるようにもっとも浮き彫りにしている。けれども彼は、それではたしてヨーロッパで身につけてきた疲れと、知の重荷から解放されることができたのか。というと、そうはいかなかった。この辺で、漱石の作品の略歴を……。その仕事が明治から大正にかけて展開されていたことがわかります。

明治36年　ロンドンから帰国、36才

明治37年　虚子のすすめで『吾輩は猫である』第一回を『ホトトギス』誌に

明治39年　『草枕』を『新小説』誌に

明治40年　朝日新聞入社、『虞美人草』を書く
明治41年　『三四郎』
明治42年　『それから』
明治43年　『門』
大正1年　『行人』
大正3年　『こころ』（最初は『心』）
大正4年　『道草』
大正5年　『明暗』

このうち『草枕』は、東大をやめて朝日新聞社に入る直前に書いている。教師生活をストップするための決別宣言、執筆活動を始めるためのキックオフとして書かれている。けれどもこの作品を、漱石文学のなかでどう位置づけるかは簡単なことではない。いろんな意味で漱石の全作品の中継地点と言っていいのではないか。漱石はまだ迷いに迷っている。天を仰ぎ、地に伏している。さぞかし草枕を敷いて寝ころびたかっただろう。外国から里帰りして、途方に暮れている漱石が、そこにいる。まだ居場所がない。そこが、

今読んでいて、面白い。居場所が見つからないで、途方に暮れている漱石のつぶやきが、嘆きの声が、虫や鳥の声に混じって聞こえてくる。愚痴、と言ったら言い過ぎだろうか。告白、と言ってしまえばあまりに気まじめに映る。最初に、例の言葉が出てきます。それがやがて、この日本列島の全土にひろがっていく。

智に働けば角が立つ。
情に棹させば流される。
意地を通せば窮屈だ。
とかくに人の世は住みにくい。

『草枕』の冒頭、うるさい都会（東京）に住む画工が出てくる。年来、そこを脱出して旅に出たい、そう思っている。意を決して、腰をあげる。鉄路をつかって田舎へ、山路をたどり、九州の奥の森のかなたに入っていく。絵の世界は、もうそういうところにしかない。非人情の旅ですね。非人情の居場所探し。そんなところは、どこにも存在しないだろうとつぶやきながら……。たどりついた先が、草深い山間の「那古井」というところ……。一軒の宿屋が、ひっそり建っていた。そこに持ち主の出戻り娘がいた。那美さん、という。給仕や掃除など、旅人の世話をやいているが、この出戻り娘は、ときに遠慮なしの言動で、奇矯なふるまいに及ぶ。近所からは「気違いか」と噂され、一目おかれているというか、敬遠されている。画工は、その童女のような、妖婦のような、突き抜けたような女に興味をもち始める。

非人情の旅は非人情の絵を描くため、というのが、この画工の大義名分。非人情の絵に非人情の人間の心を照らしださなければならないと思っている。那美さんとのつき合いは、行きつ戻りつ、行き違いと衝突をくり返す。そんなとき那美さんが、自分の顔を描いてと要求してきたが、今のままなら絵にならないね、と言って相手にしない。画工による非人情の診断だ。ところどころ、作者、漱石一流のそんな場面、饒舌に語りかけてくる場面が出てくる。

一種の文明論ですね。東西の作品をまきこむにぎやかな議論が登場する。ときに村の坊さんなども動員して、画工との禅問答が始まる。巻末近くなって、画工がひとり山中で退屈し寝ころがっていると、雑木の間から茶の中折れをかぶった男が現れた。顔はヒゲだらけ、下駄ばき尻端折りの野武士風、それが何と那美さんと向き合っていた。やがて、二人は別れていった。画工が近づいて、「あの男は誰ですか」と問うと、那美さんは「別れた元の亭主ですよ」と言う。貧乏してお金をもらいにきたのだった。それで渡してやったのだが、これから満州に行く、と言ったという。そのまま食いつめて、満州の地で死ぬかもしれない、とつぶやいている。

こうして『草枕』の終幕が近づく。那美さんのいとこ久一に召集令状が届いて、川舟で、近くの停車場まで下っていく。それを一族がいっしょに見送っていく場面だ。久一さんと老人と那美さん、その兄さん、荷物係りの源兵衛……。

舟のなかで突然、那美さんが言う。「久一さん。お前も死ぬがいい。生きて帰ったら外聞がわるい……」

近隣で「気違い」の噂が立つゆえんである。一行は、停車場につく。別れの時がくる。最後の三等列車が、久一さんを腹中にのみこんで発車、画工の前をゆっくり通っていく。そのとき、窓のなかからもう一つの顔が出た。茶色の古ぼけた中折帽の下から、ヒゲだらけの野武士が名残り惜気に首を出した。那美さんと野武士は、思わず顔を見合わす。列車はごとりと動く。野武士の顔はすぐ消えたが、呆然と見送る那美さん、その顔に、今までみたことのない、「憐れ」が一面に浮いていた。「それだ！　それだ！　それが出れば画になりますよ」、『草枕』の幕切れ、である。思わせぶりな幕切れ、である。漱石はここで、いったい何を言おうとしたのだろうか。

綱澤　だいたい、文学の世界での究極的な問題は、〝自我〟ですよ。日本も世界も。しかし、この近代的自我というものは幻想であって、これを追求していけばいくほど、文学ではないところ、そもそも根源的なところへ行きます。この幻想としての〝自我〟を拡大しようとすればするほど、自己矛盾をおこし、「狂」の世界に入ります。よく考えればあたりまえのことですね。

山折　二〇世紀を展望すれば、日本の文学の主流はやはり漱石だっただろうと思います。しかし二十一世紀は、だんだんその漱石から賢治の文学へ移行していくだろうと勝手に思っています。そういう直感があったし、現にますますそうなっているのではないかと考えている。

では、漱石と賢治の違いはどこか。あるいは文学における違いはどこか。世紀をまたいで転換していくその違いのキーポイントはどこかというと、これは象徴的にいうと漱石の作品は、結局、文学の世界なんですね。一見すると、人間の生《なま》な実存の世界から始まって、次第に、その世界を超える世界へにじり寄っていくんです。にじり寄ってはいくけれども、結局宗教の門をくぐることはできなかった。つまりそれは、「それから」「門」「行人」「こころ」を経て、「門」に至るプロセスを表していると思う。その具体的な内容はというと、要するに近代的な人間として生きていく他はない、それを誠実に引き受けて生きていこうという。すると、次の三つの問題に逢着する。考えつめていくと、結局、近代的自我というのは、最後は、気が狂うか、自殺するか、宗教の門に近づいていくかのいずれか、ということになる。そしてその最後の関門をくぐるのかという段になってくぐれない、門をくぐらずに戻ってくる。そのプロセスが克明にその一連の小説では描かれているんですね。「こころ」の主人公は自殺をします。狂気の世界に逃げようとして逃げられなかった。宗教の門をくぐろうとしたけれども、ついにその門もくぐることができなかった。つまり近代人の限界をそこまで漱石は考えつめ、追いつめてはいた。狂気か自殺か宗教か。それが彼の最終的なテーマだったと思うのです。明治近代の、それが最も誠実な文学者の生き方だったようにも思います。それで、その漱石の内的な体験を引きずりましたね、日本はずっと、戦後まで。戦後、それが漱石ブームをつくっても、さてというときになかなかその、「体験」をさらに深めていこうという動きは出てこなかったと思います。そして、今度は別の漱石的主題に逃げようとしてきましたね。つまり「猫」とか「坊ちゃん」の世界です。つまり、前近代的な世界を振り返りながら、癇癪と皮肉とシニシズムをふりまいて、低回趣味に遊ぶ。それが先の「草枕」的な世界を生みだすわけですが、もしかしたらその先にもっと「自由」の天地が開けていたかもしれない。しかし、漱石はそっちの方向にそれ以上向かわなかった。近代人の地獄的な自我の世界を追い続けていく……。宗教的というか、超越的な存在との出会いや衝突や葛藤の問題にまで踏み込んでいかなかったわけです。そういう問題が出てきたとき、それにかかわっていたのがまさに賢治だったし、彼の文学だったと思うんです。

明治近代というのは文学的世界から宗教的世界を切り離そうとし続けた時代だったような気がしてならないんですね。宗教的世界に引きずられながらも、しかし、それを切り離そうとした。それは近代という悲劇を耐える近代人のプライドだったともいえる。僕はそう思ってる。神秘とか超越にのめり込んでいくような、そういう反近代的、前近代的な生き方を拒絶する、近代的なジレンマに耐える精神、それが逆に近代の強さだと過信する時代だったのではないでしょうか。幸福になんかなりたくないという、そういう自意識ですね。

綱澤　どうしてでしょう、それは。

山折　それは明治以降、ヨーロッパ文明というものを受け入れる。つまり近代を受け入れるときにそうせざるを得なかったということがあるでしょうね。ヨーロッパ自身がまたキリスト教に対して同じ闘争をしているわけです。神々の死、神殺しという問題は深刻な話としてその後、くりかえし出てくるわけで、それを学習し、近代日本は模倣していく。しかし、模倣しても模倣しきれない。結果として、文明開化、殖産興業、国民皆兵の路線で成功し、伝統的な価値観が否定されていった。近代化に成功するわけですね。そして日清・日露の戦争でも勝ち馬に乗ることができました。言い換えると、明治以降は近代化に成功したけれど、戦争の世紀に入っていく。

綱澤　それが不幸をもたらしたということですか。

山折　そういうことになりますね。だからそう考えると、明治一五〇年というようならば、戦後七十年、あるいは宮沢賢治が死後八十六年になりますから、宮沢賢治没後百年ということを考えた場合に、ここで改めて宗教と文学の問題を浮上させることができる。美と信仰の問題を考え直すべき時にきていると。そうでなければ日本もあまりいい将来を迎えることはできないだろうと私は思っています。そういう点でこれまでの法華経や日蓮と、あるいは題目とあの詩を切り離したことが、全部マイナスだというわけではありませんが、これからは見直して全体的に捉える必要があります。とりわけそれを教育の場にも反映させないといけない。それは時代に対する責任でもあるのではないかという、そういう思いもあります。だからこれまでのことが一概にまちがっているというわけではないけれども、「雨ニモマケズ」という詩を理解するということは、ある意味で宮沢賢治の全存在を理解するということですから、そのためにはどうしてもこの宗教と文学の問題の見直しをしなくてはならない、そういう段階にきている、そういう問題意識が私にはあります。それで、これを取り上げたわけで、このことは前からずっとそう考え続けていて、書いたりも言ったりもしてきましたが、あまりはかばかしい反応がないんです。賢治の手帳に出てくる「詩」と題目本尊、あれは切り離していい、当たり前という前提ですよ、今の賢治学会、賢治研究者の間では。しかし同時に一面では、仏教、その犠牲的精神というか、菩薩行という、こういう見方を大事にしようという立場も一方では確かに強いんですね。強いけれども、しかしいざ、「雨ニモマケズ」という「詩」の理解ということになると、あれは切り離されている。切り離すのが当然とみているわけです。

綱澤　この詩をめぐっては谷川徹三と中村稔の論争がありますが、この両者の対立は作品論と作家論の両者の見解であって、論争がうまくかみあっていないように思います。それはこの手帳の作品がどういう「場」で書かれたかということに注目しないからだと思います。手帳のすべてを見なければなりません。

山折　そういう近代の考え方が、今疑われ始めている。その疑問が多くの分野の人々に共有され始めています。今こそだという気持ちもある。そういう問題意識を今、この綱澤さんとの対話のなかで出していけば、やっぱり関心をもってくれる人はもっともっと増えてくるんじゃないかという感じがします。ゆくゆくは教科書でもこの問題が議論されていくといいですね。そういう人々が出てくることを願っているんです。

綱澤　出てくると思いますよ。教科書は一番影響が大きいですから。「ヒドリ」

山折　と「ヒデリ」の問題でも教科書で出すべきです。
それから二〇一七年、この年は賢治評価の新展開を予兆する賢治元年だったかもしれないと思っていて、このことは方言の問題を切り口に、あとでも詳しくやりたいのですが、ここではもう一つ、蓮如賞を取った今野勉さんの『宮沢賢治の真実－修羅を生きた詩人』（新潮社）を手がかりにしたいと思います。

今野さんはテレビマンとして仕事をしてきた人ですが、賢治の初期の非常にわかりにくい文語詩に注目して、なぜこんな難しいわけのわからないものを賢治が書いたのかということを調べて明らかにしていく。そして、実はその背後に妹トシの花巻高等女学校時代の失恋の体験が大きくかかわっていることをつきとめ、実証していくんですね。当時女学校には現在の東京藝大を

出た音楽教師がやってきて、それが賢治の家の近くに下宿をして、その人にトシが恋心を抱くんですね。ですが、同級生の女性との三角関係になってしまい、結局そのライバルに敗れる。そのことが当時のこの地域で出されていた新聞に書かれてしまう。トシは傷心のなかで、女学校を出て、逃げるように東京に行って、日本女子大学に入るわけです。やがてトシはそのことを思い起こし、痛烈な「自省録」という手記を書き残していた。そのことがあとから明らかになった。原稿用紙にして数十枚ほどの自省録が保存されていた。その中にトシは自分の恋愛事件の顛末を赤裸々に書いています。トシの失恋という問題、その事件と関連づけて、文語詩との関係を明らかにしていくわけです。ところが、そのトシの失恋を当時、賢治は知らなかった。のちになって知って、トシが死んでいくとき、感情移入して苦しむ。トシはトシで、その「自省録」の中で、愛欲の世界に溺れた自分を責めている。そういう悲劇的な失恋の体験を知ったところから、あの「永訣の朝」という作品がつくられることになったいきさつを明らかにしています。それがトシの問題であり、それに共感し、慟哭する賢治における「愛」の問題です。そのことと法華経への信仰の問題がかかわってくる。

それが一つと、それからもう一つは菅原千恵子さんという方が書いた『宮沢賢治の青春―〝ただ一人の友〟保阪嘉内をめぐって』（角川書店、なお本書の単行本は宝島社から平成六年に刊行されている）です。

高等農林学校時代に賢治は『アザリア』という同人雑誌に参加していましたが、その有力な同人の一人に保阪嘉内がいた。山梨からやって来た青年ですが、のちにその保阪との往復書簡が出版されて、これが大きな話題になった。それが世に知られて、賢治と保阪との間に濃厚な同性愛的感情が、とりわけ賢治の側からの感情がみられることが明らかになりました。そのことにもとづいて菅原千恵子さんが先の著書を書いたんですね。これがのちの賢治の「銀河鉄道の夜」の解釈について、新展開をもたらし、カムパネルラ＝保阪説の根拠とされるようになりました。ところがそれまでも、そしてそれ以

後も、学会的な常識ではカムパネルラは保阪ではなく、妹トシだとされていたんですね。そうして、この菅原説はその後しだいに無視されていった……。ちなみに保阪はこの賢治の「求愛」から身を退いていく。またこのとき、賢治は法華経への信仰を保阪につよく勧めていたのですが、これも保阪は受け入れない。それで結局、二人の関係は疎遠になっていく、崩壊してしまう。失意と失恋に終わるんですね。

綱澤　賢治と保阪嘉内では初めから勝負にならないでしょう。幼児と母親のようなものですから、二人の関係は。

山折　それが、賢治とトシ、この兄妹の関係を考えるうえで非常に重要なポイントになるということを、今野勉さんは追求していく。そのことを現場にも行き、実に克明に、土地のにおいまですくいあげるようにして調査し、明らかにしようとしています。彼らの文学的才能もさることながら、法華経を軸にする自己回復への死ぬような思いと重ねて、そのことを明らかにしているんですね。そういう点でも賢治という存在を全体的に捉えるためには、やはり、宗教と文学の問題は切り離せない。

綱澤　宗教と文学の問題を論じるうえで、賢治の思想性についても見ていく必要

山折　があると思いますが、その手掛かりとして、例えば内村鑑三。賢治は内村に直接会っているんですか。

綱澤　会ってはいませんね。ですが、のちに出てくる斎藤宗次郎を通して思想的な交流のようなものはあったでしょうね。ここのところ、難しいんですけどね。

山折　難しい問題がありますよ。天皇制に対して賢治はどうだったとか、賢治と天皇制の問題を本格的に考えた人はいませんね。左翼思想で割り切ったら簡単なことですが……。

綱澤　簡単でしょうね。みんなどこかでそれに引きずられていたんだから、左翼思想には。ただ、賢治は田中智学の影響を一時期強く受けているから、長生きしていたら軍国主義に押し流されただろうという人は多い。それからもう一つ大きいのは、日蓮宗、日蓮思想そのものの問題点です。

山折　そういうことですよ。日蓮の思想に影響を受けた人は多い。石原莞爾なんかも日蓮。

綱澤　そう。

山折　北一輝も日蓮。

綱澤　大川周明もそうだしね。当時の社会の危機的情勢のなかでの「昭和維新」

の運動、これとの関わりですね。

綱澤　そういうことになると宮沢賢治もそういう人たちと同類でしょうか。

山折　非常に近いところにいたかもしれません。日蓮という人間についていうとですね、彼は日本海と太平洋の両方を知っているんです。ということは、それで国家というものを非常に強く意識するようにもなった。これは日本列島という島国の全体を捉えるための前提的な認識であり条件だった。それは日蓮宗という思想的立場に色濃く反映していると思います。だから近代日蓮主義という流れはみんなこれとかかわってくると私は思います。つまり国家主義に……。国家の改造ということが最後まで続くでしょう。これはそもそも思想的に考えると、日蓮が「立正安国」というスローガンにもとづいて言い出したことなんです。

綱澤　国家改造論。天皇制とは対立しますね。

山折　それはね（笑）。それは難しいところだな。対立したり、それから融合したりするんでしょうね。

綱澤　それでいくと、農本主義も日本改造論ですからね。超国家主義的な農本主義者はというと、橘孝三郎ですが、彼もそうですよ、国柱会と変わらない。

だけど、実践的実務的な山崎延吉のようなリーダーは、それとはまた違う。本当に農本国家を地道につくっていこうというタイプですね。クーデターに参加するような農本主義者というのは、北一輝と仲が良かったり、そういうのですよ。

山折　だから最近の中島岳志という若い政治学者は親鸞すら天皇制、国家主義に回収されていく、それが最後は弥陀一仏への信仰からきた、こういうことになるわけでしょう。そうなると宗教というものが全部国家主義に流されてしまうということになる。

綱澤　それは、そうなってしまう。

山折　引きずられていくっていうことになるわね。超越的なものに。

綱澤　中島岳志さんは橋川文三論なんていうのを書いて優秀な若者ではありますが、私なんかは、橋川文三が直接の先生だったから、中島さんが何を言おうと、そら、違うぞっていえるんですよ(笑)。ただ世代がだいぶ違う青年にとっては一つの幻想かもしれませんね。

山折　僕は加藤周一さんと何度かお目にかかって、対談もしたこともあるんです。シンポジウムでご一緒したこともあります。その加藤さんの口から直接聞いているのですが、自分は「超越」と「神秘」の二つは認めない、大嫌いだ、とこう言われたんです。しかし、「超越」と「神秘」を認めないと、そもそも宗教は語れません（笑）。宗教を語ることのなき加藤周一が文学を通して、その問題を否定的に語っているということになりますね。ところがあとになって、上野千鶴子さんから、晩年の加藤さんがカトリックに入信されていたということをうかがって驚きましたね。上野さんも驚いていました。ところがその後、この加藤周一のカトリック入信の問題は、その加藤さんの養子になった娘さんの文章（「夕陽妄語 Närrische Gedanken am Abend」ソーニャ・カトー、翻訳・高次裕 図書840号、二〇一八年十二月号、岩波書店）で詳しく知ることができました。でも、こういう知識人は多いんだよね。「超越」と「神秘」を語らない思想家・文学者は実に多い。上野千鶴子さんもそうだった。あの人も「超越」と「神秘」は語らない、そういう立場の人です。

綱澤　なるほど。

山折　それでは日本の文学史は書けないよ、と言うんだけどね。

綱澤　「超越」と「神秘」ですか……。

山折　それが宗教と文学の、非常に難しいところ、けれどもこの関係性なくして

綱澤　は、賢治の世界はさらにいっそう語ることができないだろうと思う。日本の知識人は論理的思考というやつにやられてしまいました、近代以降。それで論理的思考で割り切れないものは真理でないと思っているんですよ。だから直感とか情緒とか、そういうものは皆捨てられてしまって、カサカサになっている。

山折　だけど、こんな話もあります。南原繁が晩年、岩波書店から『南原繁全集』を出す。この編集をしたのが、愛弟子の福田歓一と丸山眞男でした。その最終巻が出た辺りかな、この二人の弟子に向かって南原が言った。あれ、この話、僕しゃべったかな。

綱澤　いや、お聞きしてないです。

山折　南原さんが、自分の作品の中で後世残るものがあるとすれば、それは何だろうと問いかけるんですね。二人の弟子は一瞬戸惑い、答えに窮しているんですが、それに対して南原さんは、自分の『形相《けいそう》』という歌集だよ、と言っているんです。それを聞いて福田と丸山は唖然としている。そのことが『形相』（岩波新書）の末尾に書かれているんですね。

綱澤　南原繁の弟子は丸山眞男、福田歓一、それから辻清明ですね。東大の三羽

山折　ガラスで、その丸山の弟子が橋川さんだとか藤原弘達だとか松下圭一、藤田省三とこんなふうになっていくんですね。

綱澤　だから第一の弟子たちは、歌集だなんてことは思いも及ばなかったんでしょう。茫然としていたっていうわけです。和歌に及ばないってことだね、博士論文は（笑）。

山折　丸山さんといえば、『現代政治の思想と行動』、日本のファシズム論というのを学生時代に読んだとき、すごいなと思いましたからね。ひきつけられましたよ。それまでは唯物史観、マルクスばっかりですからね。経済構造が変わらなきゃ、宗教も政治も思想も何も変わりはしないと、僕は高校三年ぐらいからそういうふうに信じ切っていました。ところが丸山さんの本とか藤田省三さんの本とかは全然違う。

綱澤　とくに丸山眞男の魅力は、論理の鋭さもさることながら、やはり文章の魔力のほうですね。

山折　お父さんがジャーナリストだから、ああいう文章がうまいんでしょうね、天才です。

綱澤　だから、あれで結構、超越的な感覚とか神秘的な世界を巧みに吸い上げて

綱澤　いる、あの文章の魔力で。

山折　そうそう。

だから、そこは加藤周一さんとはちょっと違うんだな。加藤さんの文章も実に論理的で鋭いんだけれども、心情に訴える書き方はかなり抑制されている。この辺のことをふまえて宗教と文学を語っていくと、また非常に面白くなるんですけれどね。そういう土台というか風景を、もう一つ腹の中におさめて、賢治を考えたり語ったりすることが必要なんだと思いますね。

綱澤　宗教と文学や芸術の関係を深く掘り下げた話もしてみたいですね。

山折　ところで、書家の石川九楊という人をご存じでしょうか。

綱澤　いえ、ちょっと存じ上げませんが。

山折　彼は独立独歩の書家で、一切の流派に属していない。僕の友人ですが、二〇一五年だったかな、NHKのBSテレビに臨書の実践をするというので、登場したことがあるんです。その時に彼が臨書したのが賢治の最後の手帳に出てくる「雨ニモマケズ」でした。あれを最初から雨ニモマケズ、風ニモマケズ、と書いていくんですね。書いていって、最後のところ、つまり「手帳」の詩の最後の一頁、それを使ってこの詩の最後の数行が書かれていて、それにすぐ続けて、その次の頁に十界曼荼羅が現れる。そこで驚くべきことが展開するんです。

綱澤　ほう。それはいったい？

山折　切り離された詩と曼荼羅のあいだに密接な関係があるということを筆によって、臨書することで明らかにしていくんです。

次頁に掲げた写真の左頁を見てください。

まず、真ん中に大きな字で「南無妙法蓮華経」と見える。右側に「南無無邊行菩薩」「南無上行菩薩」とやや小さな文字で書かれています。そして今度は左側に「南無浄行菩薩」「南無安立行菩薩」と、同じように小さく書かれています。この外、多宝如來と釈迦如来の名が出てきますが、面白いのはその四菩薩の名にみんな「行」という字が入っているんですね。この菩薩たちの名に入っている「行」という文字が、「雨ニモマケズ」本文の中に出てくる「行ッテ看病シテヤリ」「行ッテソノ稲ノ束ヲ負ヒ」「行ッテコハガラナクテモイ、トイヒ」の「行ッテ」に対応しているということが、画面にしだいにクローズアップされていった。

石川九楊さんはその効果をねらってこの臨書の試みをやっていた。賢治が

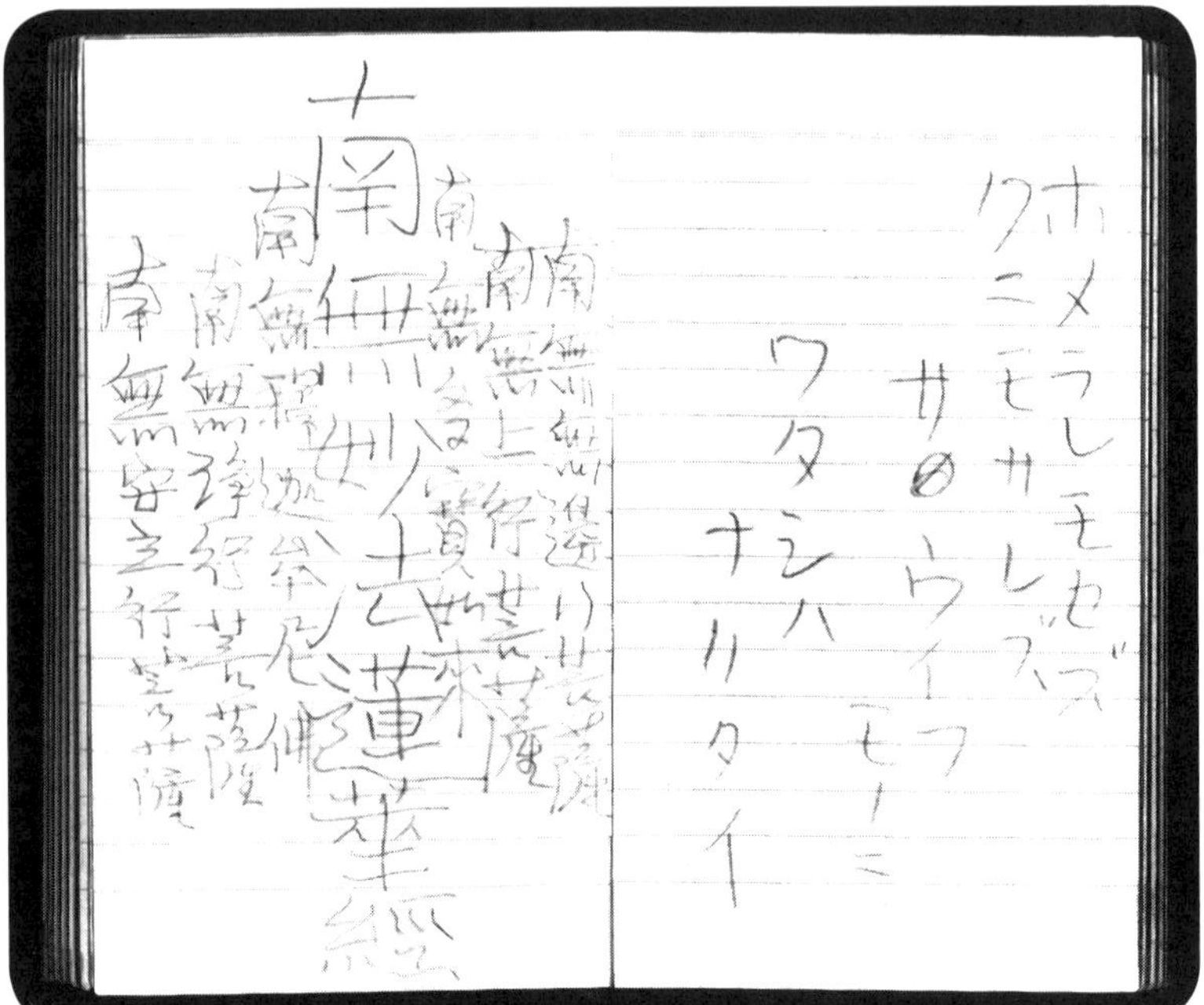

ホメラレモセズ
クニモサレズ
サウイフモノニ
ワタシハ
ナリタイ

南無無邊行菩薩
南無上行菩薩
南無多宝如來
南無妙法蓮華経
南無釈迦牟尼佛
南無浄行菩薩
南無安立行菩薩

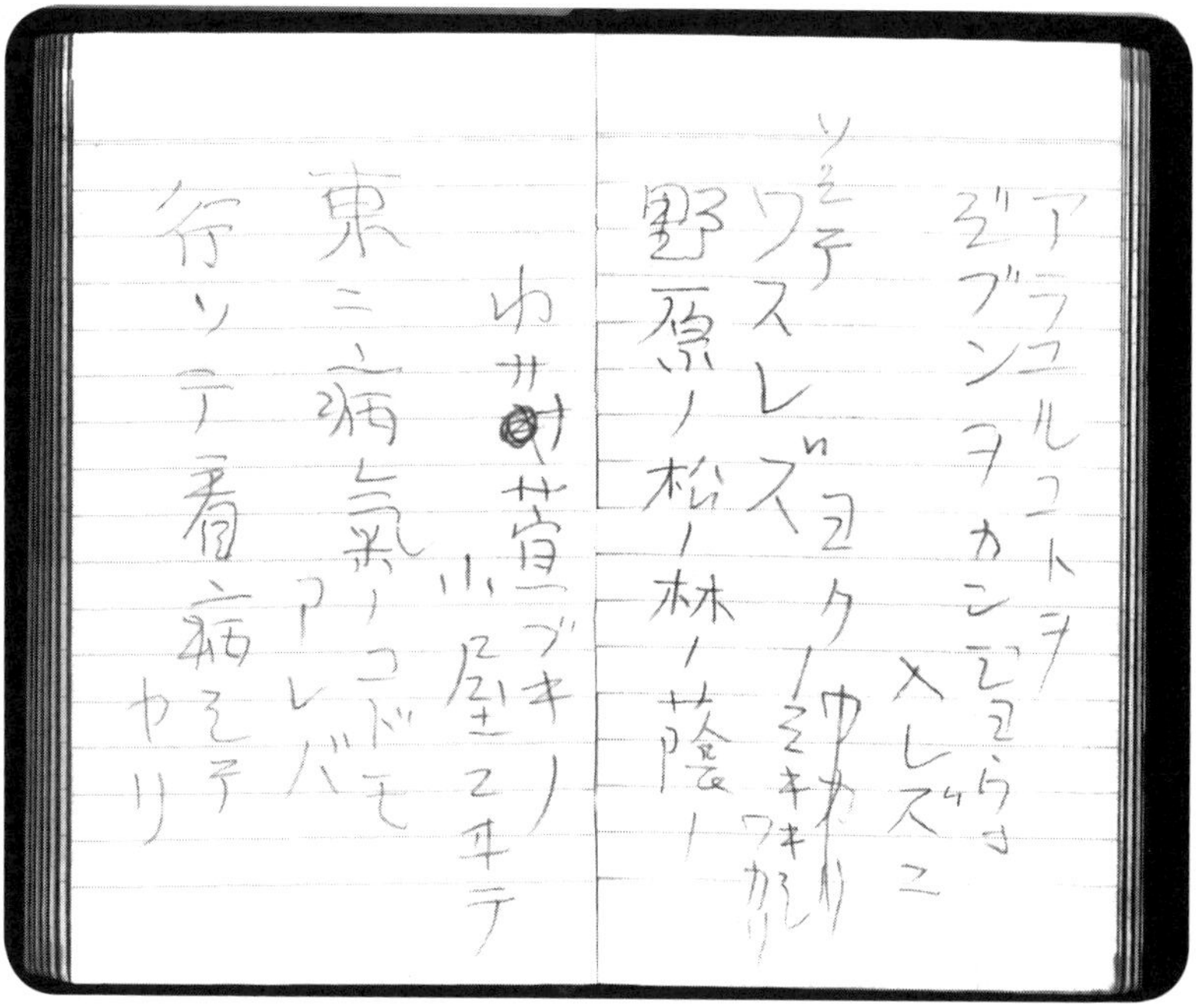

アラユルコトヲ
ジブンヲカンジョウニ
入レズニ
ヨクミキキシワカリ
ソシテワスレズ
野原ノ松ノ林ノ蔭ノ
小サナ萓ブキノ小屋ニイテ
東ニ病気ノコドモアレバ
行ッテ看病シテヤリ

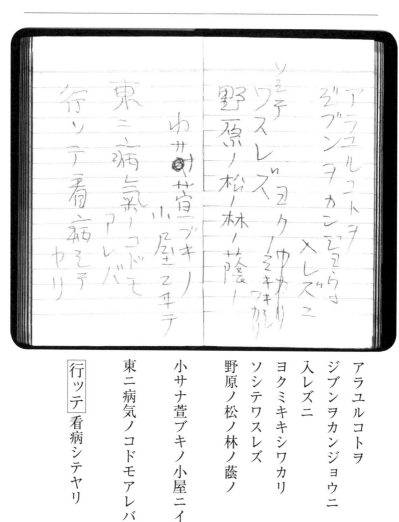

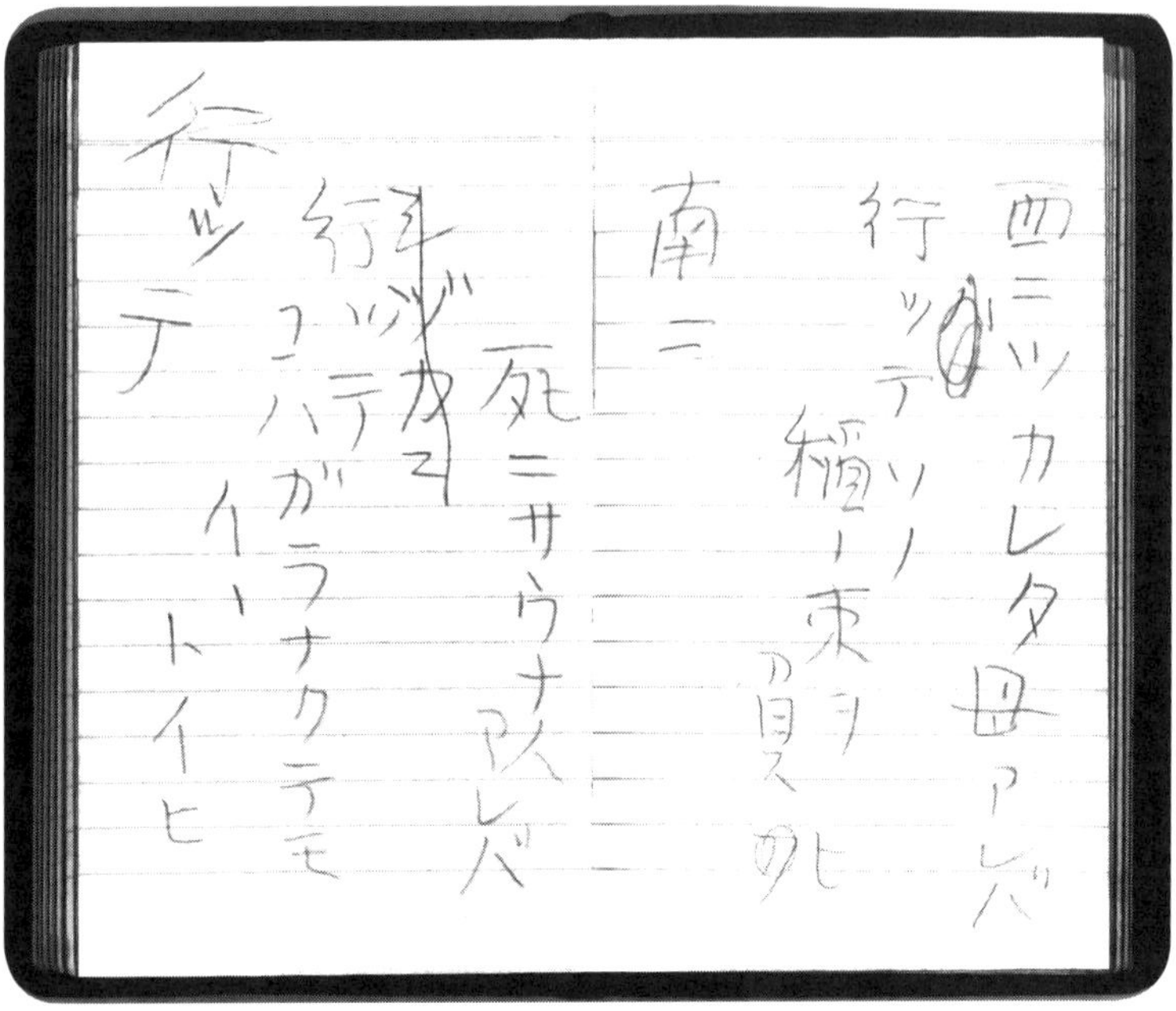

西ニツカレタ母アレバ
行ッテソノ
稲ノ束ヲ負ヒ
南ニ
死ニサウナ人アレバ
行ッテ
コハガラナクテモ
イヽトイヒ
行ッテ

網澤　どういう心理的状態のなかでこの「詩」をメモとして書きつけていたか、まさに一目瞭然というか、見事に浮き彫りにしていくんですよ。賢治の最後の「手帳」がもっている本質が、そこにはあますところなく明らかにされていました。とくに「行ッテ」という言葉がもつ喚起力に驚かされます。

山折　すごい発見です。賢治は「行ッテ」と「行」を完全に意識して繰り返していますね。

網澤　これは石川九楊が初めてやったこと、言ったことではないかと思い、それでびっくりしたんです。東に病気の子どもあれば、

山折　東に病気の子どもあれば、

網澤　行って、

山折　行って、

網澤　その看病をする。

山折　看病を。

網澤　行ってですよ、行って。

山折　行って。

網澤　それから、西に疲れた母あれば、行って、

綱澤　行って、

山折　その稲の束を負い、ですよ。それから南に、

綱澤　南に、

山折　死にそうな人があれば、行ってこわがらなくてもいいと。これ全部、行って、行って、行って、とあるでしょ。現代は、病人は病院に来いというのが普通でした。だけど最近になって、診療はやっぱり患者のそばに、その場に行って診る、ということが重視されるようになっています。そこに行かなければいけないと、そういう時代になっている。病人の自宅まで医者が行く、そういう診療のパターンになっているんですね。そのことまで石川さんは言ってはいないんだけど、賢治のこの「詩」というのは、行って、困っている人間のその現場にまで行って、手助けするというか、慰めの言葉を差し出す。それがこの上行菩薩をはじめとする、行、行、行という言葉の重ね合わせたのと響き合っているわけですね。臨書をしていって、それをものの見事に言いあてている。それで僕は、はっと思って、「詩」のメモとあの曼茶羅には密接な関係がある、その二つは切っても切れない関係があるとますます思うようになったんです。

◉方言を手がかりに

今野勉『宮沢賢治の真実—修羅を生きた詩人』／若竹千佐子『おらおらでひとりいぐも』／門井慶喜『銀河鉄道の父』／岩田シゲ『屋根の上が好きな兄と私—宮沢賢治妹・岩田シゲ回想録』／東北方言／「ヒドリ」と「ヒデリ」／方言論争／柳宗悦／超越的な視点／上田万年／山口謠司『日本語を作った男：上田万年とその時代』／水村美苗『日本語が亡びるとき 英語の世紀の中で』

山折　二〇一七年は宮沢賢治研究にとって重要な本が何冊か出たんですね。今日持ってきました。一冊目はこれです。先にも紹介した今野勉さんの『宮沢賢治の真実 ― 修羅を生きた詩人』(新潮社)。これは蓮如賞を取った力のこもった作品です。

それから、小説が二点、芥川賞を取った若竹千佐子さんの『おらおらでひとりいぐも』（河出書房新社）と直木賞、門井慶喜さんの『銀河鉄道の父』（講談社）。これがともに感動的です。

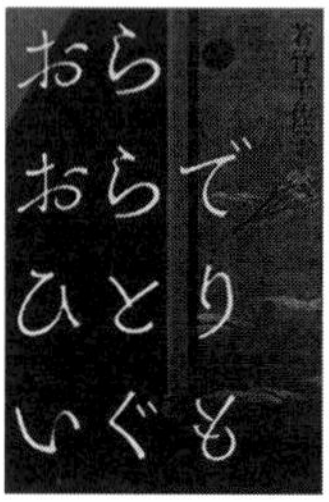

それから、もう一つは賢治の妹のシゲさんの手記が出ました。『屋根の上が好きな兄と私―宮沢賢治妹・岩田シゲ回想録』（蒼丘書林）。これは賢治の「永訣の朝」を理解するうえで重要になってくる作品です。

綱澤

実は、シゲさんの手記と『おらおらでひとりいぐも』『銀河鉄道の父』、この三冊に共通するのが「方言」の問題です。東北弁、東北方言。とくにこの『おらおらでひとりいぐも』には実に生き生きと東北方言が描き出されていて、それが文章の魅力でもあり、文学の魅力にもなっています。おそらく東北弁に光をあてていて、多くの人々の感動を誘ったんですね。

そして、これまでの賢治研究のなかで脇に置かれ続けてきた問題が方言の問題、東北方言の問題だったことが明らかになった。「雨ニモマケズ／風ニモマケズ」の中に出てくる「ヒドリ」と「ヒデリ」の問題こそ、まさに方言の問題、その誤解の問題と深くかかわっていた、そのことと結びついたんです、私の頭の中で。

意外と思われるかもしれませんが、これまでの賢治研究が必ずしも重要視してこなかった言葉の問題。標準語とか共通語を中心とした文学研究なり賢治研究なりというものを根本的に反省させるに至る、そういう点では火山の噴火爆発にも似たような、二〇一七年はそういう年だったと私は思います。

「ヒドリ」と「ヒデリ」が方言の問題だけに限定されるとは思いませんが、確かにこれまでの賢治研究が方言の問題を深く追求してこなかったのは事実ですし、その意味でいえば、山折さんのおっしゃるように二〇一七年は画期的な年でしたね。

山折　直木賞の門井さんは群馬県の出身、一九七一年生まれです。大学は同志社大学。芥川賞の『おらおらでひとりいぐも』を書いた若竹千佐子さんは、遠野の出身、岩手大学卒業、一九五四年生まれの主婦で、夫に死に別れて、一人で生きていく。今日の女性の在り方と非常に深い関わりがあって、最初に意表をつくような方言論が出てきます。それで、みんな参ったんじゃないかな。

方言と賢治研究の問題に入る前に、その前提として、日本の近代文学の研究家たちの間にみられる方言軽視、方言蔑視。これを私は常々重要な問題にしたいと思ってきました。とにかく、それが偏見、誤解のベースにあるんですね。

その結果、今日の文学作品が言葉の力を失って魅力がなくなったとも思う。だから、芥川賞だ、直木賞だといっても、数年経てば、私にとっては作者の名前がいつの間にか入り混って消えていく。新聞における文芸時評なんかもほとんど読むに堪えない、単なる解説的なものばかりになっていて、なかなか文学批評にはなり得ていない。それはなぜかというと、今日の日本語がテレビ語、ラジオ語になっていることと関係があるかもしれない。そういう意味での共通語、画一化した標準語になってしまった。だから、アナウンサーの口から出てくる言葉にもほとんど魅力を感じなくなってしまったのだと思います。

それが若い文学志向の物書きたちの文章にも表れてきてしまっている。漫画の影響もあるでしょうけど。そういう点ではあえてＩＴ文化の問題を出さなくても、既に文運低迷、言語迷走の極みにきていると、今私は感じています。だから、世間でも芥川賞と直木賞の差がどこにあるのか、という議論までが出てきているほどで……。今回（二〇一七年）の受賞作は、そんな揺れ動く風景を象徴的に表しているのではないか。私はむしろこの二つの作品は直木賞でも芥川賞でも両方取れるのではないかとさえ感じています。

綱澤　いわゆる土着語というものが日本の近代化のなかで抹消され、あるいは縮小され、軽蔑されてきた、そういう歴史があります。とくに沖縄の方言の問題を考えますと、一九三九年から四〇年頃に起こった方言論争が思い起こされます。柳宗悦が中心になって、日本民藝協会と沖縄県が対立して、なぜ沖縄だけが方言を許されないのかという問題ですね。方言が許されないなら、大阪、京都、青森とかもそうであるにもかかわらず、沖縄だけが厳しくやられたということには、その時代背景や歴史的背景があるということはだいたいわかりますよ。

いわゆる琉球文化そのものをつぶそうとしましたね。標準語を徹底的に普及させることは日本の政治そのものであったのです。これは沖縄に対しての半植民地的政策だったと思います。そして、方言というのは言霊ですから、それが文化を創り、精神をつくっていくということで、恐れをなして全部画一的にしようとした。おそらく今、山折さんがおっしゃったことも、そういうことがあるように思います。

山折　何というか、表現世界にタブー領域が増えてきて、その上「多様性」という時代のキーワードがそれに重なって、晴れ渡ってはいるけれども平板な草原を歩いているような気分だね。起伏や凹凸が前後に見当たらない。つまり批評の標柱が際立たないようになった。ということは､別の観点からみると、超越的な視点がいつの間にか喪われてしまったということではないでしょうか。村上春樹の作品でもそうだし、ノーベル文学賞をとったカズオ・イシグロの作品なんかでもそうですね。オウム真理教を扱ってもクローン人間を主題にしても、その超越的な視点がみられない……。その反面、分野別、ジャンル別の文芸地図、学芸地図が先の「多様性」の掛け声に促されてできあがっていて、不動の棲み分け状況がつくられてしまっている。それを端的に示すのが新聞、雑誌などに見られる文芸欄、エンタメ欄、歌壇、俳壇、柳壇などとの分立、固定化の風景ですね。それが不動の体制になってしまいました。

もう一つ、私が非常に疑問に思っているのは、最近の関西弁です。これは漫才が中心になっている吉本弁であって、言葉の面白さばかりを追求するあまり、言葉の強さとかリズムとか、本来言葉がもっている人の心に届く、人の胸を響かせる、そういう力がどんどん失われていっていると思いますね。

それに対して、東北弁は関西弁に比べて次元の低いものだという認識が依然として残り続けていて、方言の世界においても一種の差別化が行われてきた。そういう現状に対してパンチを放ったのが、この芥川賞・直木賞の二作品だと思いますね。その点では賢治が詩や童話の中で使っている方言の言葉のもっている強さ、勢い、リズム、イントネーションを含めて、もっと慎重にみていく必要がありますね。

綱澤　そういうところをマス・メディアは評価しましたか。現在のマス・メディアに、その深い問題点を指摘するだけの力がありますか。方言の問題を正面から取り上げるような力はないでしょう。

山折　ほとんど全メディアが書評を出しましたが、今までの書評ではその面を強調するような評価はあまり見当たりません。僕はそれをできるだけみるようにしたんですが、感心するのはあまりありませんでした。方言の問題に切り込むような、そういう議論は残念なことに一つもなかったように思います。『おらおらでひとりいぐも』はタイトルが「永訣の朝」に出てくるよく知られた言葉ですが、これについての解説もほとんどなかった。『おらおらでひとりいぐも』の作者が「おらひとり」でいかにして今まで生きてきたか。現代の都市でどのように生きてきたか。それを再現したのがこの作品で、ものすごく勢いがあります。

それで、宮沢賢治研究における方言の問題に入っていく前に、この『おらおらでひとりいぐも』の主人公についてみておきたいと思います。

この主人公は東北、遠野の出身です。遠野は花巻の隣で、僕も子どもの頃は行ったり来たりしている。遠野方言と花巻方言はほとんど同じです。主人公はそこの生まれで、予定されていた結婚式の直前、東京オリンピックのファンファーレを聞いて、結婚することをやめて一人で東京に出てしまう。その東京で、やっぱり東北出身の夫と出会って結婚し、子どもを二人設けるのですが、やがて、夫は死んでしまう。息子と娘は家を出ていく。一人っきりになる。一人っきりになって生きていく、稼ぎながら。その独白は一人称で語られているのですが、それと同時並行の形でもう一つ、三人称的な客観描写が入る。それを織り交ぜながら書いている。なかなか面白い手法です。

綱澤　ご自身のことを書いてらっしゃるんですか。

山折　自分自身のことを書いています。そこで、その女性の主人公は「俺」で、子どもの頃から、おら、おらで育ってきている。自分のその一人称には、縄文時代以来の一人称が重層的に畳み込まれているんだってことを、まあ、ものの見事に言っています。二、三行、ちょっと読みます。

「人の心は一筋縄ではいかねのす。人の心には何層にもわたる層がある。生まれたでのあがんぼの目で見えている原基おらの層と、後から生きんがために採用したあれこれのおらの層、教えてもらったどいうか、教え込まされたどいうか、こうせねばなんね、ああでねばわがねという常識だのなんだのかんだの、自分で選んだと見せかけて選ばされてしまった世知だのが付与堆積して、分厚く重なった層があるわけで、つまりは地球にあるプレートどいうものはおらの心にもあるのでがすな」

綱澤

縄文時代からの「おら」の重層的な世界の中で、俺は生きてきたんだと。教え込まされたり、強制されたり。日本語の千年の歴史をこういう言葉でうまく表現しているところがあります。方言の「おら」という言葉には、そういう歴史があるということを最初に納得させてしまう迫力と魅力があるんですね。しかも方言でそれを語り始める。これにやっぱり選者たちは参ったんだろうと思います。今日の日本語がいかに貧弱で薄っぺらなものになっているかということをしたたかに知らされたと思いますね。

国語、標準語に関してきわめて重要な役割を果たした人物に上田万年がいます。この人は作家、円地文子さんのお父さんですが、彼がドイツへ留学した頃、ドイツは隆盛の時代でしたから、ドイツ語一色にしてしまおうという画一的な政策をとっていました。同じことを日本でもやらなきゃならんと言って、日本に帰ってきて、哲学館、のちの東洋大学で講演をしたんですよ。

山折　「国語と国家と」という演題で、日本は標準語を使わなきゃいけない、遅れてしまうと。

綱澤　読みました。僕も。山口謠司さんの『日本語を作った男：上田万年とその時代』（集英社インターナショナル）。これは二〇一六年度の和辻哲郎文化賞を取りましたね。

山折　この方言にも何層もあって、そういう歴史的なものが織り合って今に伝わってきているということを知らないと、文化そのものが非常に貧しくなりますね。

綱澤　それはＩＴ社会の影響だろうとか、今後はＡＩにとって代わられるわけでしょうけれどもね。地方の子どもたち、学生たちがみんなスマホ言語、テレビ言語を使うようになって、方言をどんどん忘れてしまって、使えなくなっているというところがあります。

山折　そうなると、どういうふうな文化になりますか。

綱澤　夏目漱石の『明暗』の後編を書いたことで話題になったり、『本格小説』を書こうとした水村美苗さんが『日本語が亡びるとき 英語の世紀の中で』（筑摩書房）を書いています。

これは、つまり国際的な普遍語としての英語が帝国主義的な力を奮って、民族語を全部なぎ払ってしまう、そういう未来を見越して予見しているんですが、日本語の運命もいずれそうなるかもしれない。しかも、その道具がＩＴです。そうすると当然、方言なんていうのはそれ以前にすでに滅びてしまうだろう、そういう前提で書いているんだと思います。

しかし、どっこい、方言は生き返るんじゃないかという話を僕はし始めているわけですよ。それを二〇一七年の芥川賞と直木賞が証明してくれたような気がする。あるいは、日本人がそれを要求し始めたとも思えるんですね。そういう点では最近の宮沢賢治復活の動きというのは、生誕それこそ百二十年を過ぎて、賢治の新しい生命がよみがえる兆しかもしれません。

第二章　賢治が愛した人々

◉賢治のセクシャリティと保阪嘉内

菅原千恵子『宮沢賢治の青春―″ただ一人の友″保阪嘉内をめぐって』／保阪庸夫・小澤俊郎『宮澤賢治　友への手紙』／修羅／銀河／中原中也／カムパネルラ＝保阪嘉内／自省録／今野勉『宮沢賢治の真実‐修羅を生きた詩人』／『農民芸術概論』／宮沢淳郎『伯父は賢治』／斉藤宗次郎『二荊自叙伝』／ＬＧＢＴ／高瀬露／精神病理学／青春の喪失／華厳の滝／藤村操／若者宿・郷中組／私《わたくし》の生活／大正デモクラシー

山折　賢治が高等農林時代、『アザリア』という同人雑誌に入って、同人の一人である保阪嘉内と出会い、二人の間に交わされた、友情以上の感情、つまり同性愛の問題がこれまでも議論されてきました。それをとりあげて、さらに鋭く問題提起をして、賢治の人間性がもつ、もう一つの重要な側面を明らかにしたのが菅原千恵子さんという人です。それが『宮沢賢治の青春―″ただ一人の友″保阪嘉内をめぐって』（角川書店）という作品ですね。これを今回読み返して、あらためてよくできた傑作だと思いましたね。これほどの作品が、これまでなぜ大きくとりあげられてこなかったのか、それがずっと気になっていた。

綱澤　彼女の本を評価してしまうと自説が崩れてしまうと思う人が多かったので、これは大したもんじゃないという評価が一般的にされたのでしょう。

山折　そうだったかもしれません。もしそうだったとしたらとんでもない話ですね。文章力といい、その内省力といい、水準を超えている。賢治の言動を何でも保阪との関係で捉えようとする一途な情熱のようなものが見られないわけではないのですが、とにかく物語っていく構成力がやはりすばらしい。

綱澤　そうですね。こんな才能がある人が、もう亡くなっているのでしょう？

山折　彼女のパーソナルヒストリーについてちょっと語っておきたいことがあるんです。実は彼女は、私が仙台にいるときに、同じ仙台にある宮城学院女子大学の国文科の学生だった人です。それでそのとき、卒論のテーマに宮沢賢治を選んだ。その頃ちょうど賢治から保阪嘉内に送った書簡が発見されて公表されました。昭和四三（一九六八）年に筑摩書房から刊行された『宮澤賢治友への手紙』ですね。息子さんの保阪庸夫氏と小澤俊郎氏が編集にあたって、これを発表するにあたって庸夫氏は長いあいだ逡巡されていたと語ってた。

います。

賢治と保阪嘉内、その二人の特異な関係に着目して菅原さんは研究を始めるわけです。そしてその研究成果を岩波書店から刊行されていた雑誌『文学』に発表した……。

綱澤　ああ、『文学』でしたか。

山折　そうです。それが「『銀河鉄道の夜』新見」（『文学』第四〇巻第八号　岩波書店）です。これを当時、私は読んでいたんですが、その細かな内容はほとんど忘れていました。ただ賢治研究者たちの間につよい衝撃を与えたということは記憶の隅に残ってはいました。

その衝撃を与えたということのポイントはですね、今からふり返れば、それは二つあったと思います。

一つは、もちろん嘉内に対する賢治の恋情にも近い濃密な感情の高まりです。それからもう一つが「銀河鉄道の夜」の主人公二人のモデル問題にかかわることです。

このモデル問題の結論を先に言ってしまうと、登場するジョバンニとカムパネルラの二人のうち、ジョバンニは賢治、そしてカムパネルラは賢治の妹のトシだというのが一般に考えられていた説で、それがほとんど学会の定説のようにいわれていたんですね。その定説をひっくり返して、カムパネルラは妹トシの投影などではなく、『アザリア』の同人だった保阪嘉内であるということを、新発見の往復書簡を材料にして筆法鋭く解き明かしていった。

その菅原さんの見解にぜひ直接ふれてもらいたいので、ここでは二つだけ引用してみようと思います。

まず「同性愛」の問題について――

しかしここで断っておかねばならないのは、賢治が嘉内に対して抱いた「恋」を通俗的なホモセクシュアルと解されてしまうのは正しくない。それはこれまでも論じてきたつもりであるが、恋の相手を異性に限定しない自由さや、魂が求め、引きつけあうものが「恋」なのであって、賢治の「恋」は嘉内という人間に向けられた、魂の乾きだったことを強調しておかねばならないだろう。福島章がかつて、賢治と妹トシの関係を「近親相姦的な相愛関係」と書いたことが、その真意をはるかに飛躍した形で読まれ、ともすればセンセーショナルな部分をことさらとり上げて論じられたことも中にはあったので、それは福島氏にとって、不本意であったであろうように、今筆者が述べている賢治と嘉内の愛を、通俗的な意味あいだけで論じられることには慎重でありたいと考えている。

（菅原千恵子『宮沢賢治の青春―〝ただ一人の友〟保阪嘉内をめぐって』角川文庫　平成九年　一五二頁。なお本書の単行本は宝島社から平成六年に刊行されている）

そしてこの問題提起に続いて、それにもとづいて「銀河鉄道の夜」のモデル問題をとりあげて、次のように論じている。

入沢康夫は「『銀河鉄道の夜』の発想について」（『宮沢賢治全集 別巻』、筑摩書房）と題して、妹トシの死がこの作品の根本テーマと深くつながっていると述べ、ジョバンニのカムパネルラに対する恋愛感情こそ賢治の妹トシへのそれであろうと扱っているし、佐藤泰正の『『銀河鉄道の夜』諸説集成の中でも「いずれもカムパネルラに妹トシの影を読み込んでの論だが」とカムパネルラが妹トシと重ね合わされて論じられてきたことの多さを指摘している。その中で「トシのみならぬ賢治の親友保阪嘉内との関係を読みとる異色の論もある。」として、筆者菅原千恵子の拙論（「『銀河鉄道の夜』新見」『文学』〈第四十巻第八号〉岩波書店）をとりあげ、紹介してはいるものの、今日まで『銀河鉄道の夜』のモチーフをなしているものが妹トシであるという定説は変わることがなかった。しかしモチーフとして、その根拠となるものは死せる者との旅ということ以外何もないのである。

（同上書　二七〇頁）

また賢治が嘉内たちといっしょに同人誌をつくった頃から、賢治がいかに嘉内からつよい影響をうけたかについて、賢治の初期の詩と文語詩を分析して明らかにしている。

彼女はその影響のなかに二つ重要な問題があるとみています。一つは演劇ですね。演劇については嘉内のほうがはるかに先輩でしたし積極的だった。彼はふるさとの山梨から東京に出ていって、いろんな海外から来るものや演劇を見ていて、知識もある。賢治はそこから圧倒的な影響を受けているのです。圧倒的な影響を受けたということを手紙の中でちゃんと書いています。

そののちの賢治の作品を見ると、この演劇というものにずっとこだわり続けている。それは花巻農学校の教師になっても、自分でいろんなドラマを作って、生徒に演じさせている。そして、もう一つが農業のことではないかと思いますね。共に新しい本当の生活を作っていこう、同志として一緒にやっていこうと。そこに法華経の問題が出てくるわけですね。その点で保阪嘉内は、のちの賢治の精神的成長にとっても、実に大きな影響を与えているということがわかるわけです。

綱澤　そうですね。おそらく「修羅」という言葉も、嘉内のほうが先じゃないですか？

山折　嘉内が先立って、青春の自意識の問題に絡めて書いています。そのことについても菅原さんはきちんと指摘しています。それから「銀河」という言葉、これが二人の関係を浮き彫りにする基調低音のようなキーワードとして使われていて、そして最後、「銀河鉄道の夜」で爆発的な形で出てきます。これに二次的な影響を受けたのが中原中也の詩の世界ですね。中原中也の作品の中には「修羅」という言葉が出てきます。「銀河」という言葉も出てきます。中也自身が賢治の『春と修羅』が出たとき、それを数冊、神田で買って、友人たちに送っているんです。そのことを自分で書いています。だから中也の詩の世界というのは、それはそれで魅力的だと思いますが、しかし中也信奉者たちはそれが賢治の影響を受けているということにはあまり言及しない(笑)。これはこれでいいんだけれどもね。これと同じような理由で、これまでの論者が菅原千恵子の存在とその問題提起を無視する。これは目に見えないはるかなる原因というか、圧力になっているんではないかと私は思っているんです。要するに賢治作品に出てくる重要なキーワードがこの頃に、つまり嘉内との交流のなかに出揃っている、そのことを菅原さんは指摘していた、ということになります。

綱澤　「銀河鉄道の夜」のジョバンニというのは賢治で、具体的目標がない切符を買っているんですね。カムパネルラは目標が決まっているから行きやすい。まったく賢治と保阪の関係がぴったりですね。保阪には農民になって村長になって、農村を改良するという具体的な目標が農学校へ入るときからあったんですよ。村会議員にもなっていますけどね。賢治はそういうのじゃないんですよ。質屋の手伝いをしながら妄想にふけるというか、無目的に人間の絶対的平和を求めるとか、多数の人間を救わなきゃならんというようなことを言って、全然具体性がないですよ、賢治は。それでも嘉内は聞いてやっているんですね、それを。嘉内もあるときは法華経を信仰しようとしたかもしれませんよ。しかし、どうしても合わないといって決別するわけですね。賢治は俺の気持ちがどうしてわからないんだと苛立ったでしょうね。それは青春ですよ。そして、乳飲み子とお母さんのような関係になってしまっている、最後は。それをこの菅原千恵子さんはちゃんと言っていますよ。

山折　それから、この嘉内と賢治の間の濃密だった関係について、菅原さんは、その著作の最初のところで、こんなことも言っている。

この事件は、彼の人生に何の影響も与えなかったというのだろうか。彼の作品に投影されなかったというのだろうか。天沢退二郎は、妹トシの死を賢治の文学的事件として捉えているが、「ただ一人の友」保阪嘉内との激しい訣別こそ、後の賢治に難解で尨大な作品を書かせることになった賢治の大きな文学的事件であったと私は考えている。……（中略）……『宮沢賢治友への手紙』は、注記や参考資料などで、二人の交友について余すところなく語ってはいるが、当然のことながら賢治に対する比重のほうが大きすぎて嘉内のほうを見落しがちになる。この見方をしている限り二人の間の微妙な心の動きにまで立ち入ることは難しい。

(前掲書　一二頁)

綱澤　実は賢治から保阪嘉内へのかなりの数の手紙はこのとき公表されたのですが、逆に保阪から賢治への手紙はほとんど明らかにされていないんですね。初めから存在しなかったのか、それとも未だに公表されていないのか、それがまだはっきりしていない。そういう問題はまだ残されているけれども……。

面白いですよね。違ったものが一つ入ってくると、今までのがごろっと、変わるような気がしますね。そうすると、賢治は、女性というものに対して、甘えたこともない、嘉内にばっかり甘えている。嘉内が女であり、お母さんであり、恋人であり、たった一人の友人。これは本当に電信柱、寄り添って腕木を連ねている電信柱。

山折　あの赤い電信柱ね。

綱澤　ああいう、なんでも寄り添って歩くものは、みな嘉内ですね。

山折　だから、「銀河鉄道の夜」に出てくるカムパネルラは保阪だ、という彼女の推定には、かなりの説得力があります。通説の方は揺らぐ。

綱澤　そうですよ。

山折　この菅原説を受け継ぐような人はあまりいなかったようですね。ところが先にもふれましたが、二〇一七年に出版された今野勉氏の『宮沢賢治の真実――修羅を生きた詩人』（新潮社）が、その説をさらに深めて菅原さんと同じ結論を導いています。それから、この菅原さんの写真の顔を見てくださいよ。ちょっと神秘的な雰囲気をたたえた美人ですよ。

綱澤　恐ろしいようにも見える（笑）。

山折　彼女は卒業してから金沢に行って、その地の外科医と結婚し、そのあと富山に移って、そこで同人雑誌をやったりしています。その彼女を支える友人たちもいるわけです。

綱澤　彼女に恋人がいて、それと同じような感じだったと、彼女は言っているのではないですか。嘉内と賢治の関係は、私の青春に似ていると。

山折　それはご自分の青春に重ねて、そのことを最後に書いていますね。最近、僕は先の今野さんから、菅原さんは最後は難病にかかって亡くなったということをちらっと聞きました。会いたかったんですが。

綱澤　いや、彼女の独特の感性がこれだけのものを書かせたんでしょうね。

山折　生得的な文学センスがあるから。ものを見つめるまなざしが確信的な直感と不安に揺れていて、深い。それが、学会の主流から無視され続ける原因になったかもしれない。

綱澤　後押しする人はいなかったんですかね。

山折　いなかったようですね。人間的なあまりに人間的な、生臭いこころの深層への介入を避けたということかな。そんなこともあって定説とはなかなか認められなかったんですね。そして菅原千恵子の存在と作品は少しずつ埋もれ、忘れられていった。

綱澤　これを評価しちゃうと、トシと賢治の関係が崩れてしまうということがあるから……。

山折　崩れると、校本全集全体の構造がおかしくなるんでしょうね。そういう諸々の問題があったんでしょう。先にも言いましたが、保阪嘉内の息子さんの保阪庸夫さん、その人がこの手紙を公表するとき、かなり逡巡したと言っています。その辺の事情も、当時の関係者に聞いてみたい気はするんですね。おそらく校本全集の編集者たちの間で、いろんな議論が出ていたと思うんですよ。

綱澤　じゃあ、山折さんなんかが後押しされていたら、菅原千恵子なんかもっと浮上していたかもしれませんね。

山折　うーん、それから、菅原さんは今問題にしている本を書くなかで、斎藤宗次郎のことにもすでにふれているんですね。そのことも今日の目からすると大切なところではないかと思うので、ちょっと言っておきたいのです。

賢治の後半生の羅須地人協会時代のことなんですが、賢治の「農民芸術概論」をめぐって、こんなふうに書いています。

大正十五年の三月四日、賢治はかねてから尊敬していたキリスト者の齋藤宗次郎に近く退職する旨を伝えたあとで出版を予想した『農民芸術概論』の序文を朗読し、批評を求めている。この『農民芸術概論』は岩手県教育会、岩手県農会、岩手県青年団体連合会の主催によって開かれた「岩手国民高等学校」という一種の社会教育機関で、十一回にわたって講義したものであった。

（前掲書　一二四頁）

『農民芸術概論』は、賢治における「農民主義」のテーマと深くかかわる文章なんですが、それを賢治は斎藤宗次郎の前で朗読している。このとき賢治は、斎藤が内村鑑三問題で岩手県の教育会から追放されたことを知っていたと思う。これは賢治が『春と修羅』を出版するときも、その初校ゲラを斎藤に見せ、とくに「永訣の朝」の部分を読ませた、というあのときのことを思い起こさせますね。賢治と宗次郎との交友の深さを示す場面です。

綱澤　菅原さんの本が出たのが一九九四年ですから、二十五年も前に賢治と斎藤宗次郎の関係に注目していたということになりますね。

山折　こういう事実も、それまでの賢治研究の視野にあまりとりあげられてはいなかったのですが、そういう菅原さんの問題意識を、はるか後年になって受け継ぎ、発展させ、さらに新しい賢治像に迫ろうとして書かれた作品が、先にちょっと指摘した今野勉さんの『宮沢賢治の真実 ― 修羅を生きた詩人』でした。これは先にもふれましたが、二〇一七年二月に新潮社から出ました。

この作品は、作者が長い間テレビで仕事をされていたということもあって、常に現場に行き、賢治の作品に出てくる土地と、その匂いと、それをとりまく環境を自ら体験し、それをすくいあげるようにしてつくった、足で書いた作品なんですが、そのさまざまな成果のなかから私の感銘した部分をここでは二つだけ言っておきたいのです。

一つは、先にも言いました賢治と嘉内の出会いと悲劇的な別れに関するものなんですが、そのときほとんど同時並行的に妹トシが手痛い失恋を経験して心に深い傷を負っていた。そういうことを、とくに文語詩、その難解をきわめる言葉づかいを解きほぐし、新しく意味づけて明らかにしていったことです。そしてその妹の手痛い失恋の事実を初め賢治は知らなかったということ。

第二に面白かったのは、そのトシの失恋事件を兄の賢治に知らせた、教えたのは斎藤宗次郎ではないか、と推定していることでした。そのときちょうど賢治は花巻農業学校に勤めていて、宗次郎との先ほど言ったような交友が始まっていたときです。

ここで今野さんが提出したまず第一

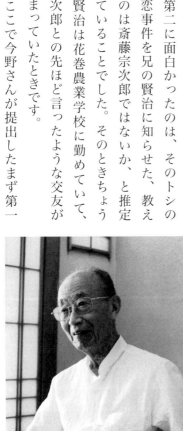

の問題について。その前に、そのトシの事件が明らかになったきっかけなんですが、それは平成元（一九八九）年に賢治の末妹クニの長男・宮沢淳郎《あつお》氏が、伯母のトシが書いたと思われる約三十枚のノート用紙に細字用万年筆でびっしり書きこんだ全文を公表したことでした。記述者の名前は記されていなかったのですが、末尾に書かれた執筆時が大正九（一九二〇）年二月九日であり、書かれた内容が大正四（一九一五）年の恋愛事件であることがわかって、さらに筆跡がトシのものであることも明らかになった。そしてその事実を賢治が知って、その事件に触発されて書いた、先の「難解きわまる」文語詩をとりあげて、その隠された意味を解きほぐしていくという、先の今野さんの仕事につながったわけです。そこで、その三十枚にわたるトシの文章についてですが、これを発見者の淳郎氏はトシの「自省録」と仮に名づけている。それが宮沢淳郎さんの著書『伯父は賢治』（東京・八重岳書房・一九八九年）の中に全文収録されています。

ちなみに淳郎氏は、昭和十（一九三五）年、賢治の妹クニの長男として花巻に生れ、昭和三八（一九六三）年、東京大学経済学部を卒業してブリヂストンタイヤに勤務。のち花巻に帰り、富士大学の助教授になるかたわら、専門の地域経済論を通して、地域のために活動しているんですが、昭和六三（一九八八）年に死去している。

宮沢淳郎は著書『伯父は賢治』のなかで、自ら名づけた「自省録」のなかに登場するトシの失恋の相手が、当時の花巻高等女学校の音楽教師だったことをつきとめる。そしてそのことをベースにして今野さんは、のちにそのことを知った賢治が初期の難解で知られた文語詩を書くにいたった心理的背景を苦心惨憺しながら明らかにしていくわけです。そのプロセスそのものが緊張感にあふれていて、実に面白いのですが、それが結局、妹トシの鎮魂のための仕事の一環であったことが浮き彫りになっていく。今野さんはこんなことを言っている。

とし子の初恋事件ともいうべきものは、花巻高女四年生の時のことである。「自省録」の中でとし子自身は、「学校から逃れ故郷を追われた」と述べている。事件は花巻高女卒業あたりまでのことと推定できる。とすれば、大正三年四月から大正四年三月までの時期である。「自省録」が書かれたのは、大正九年の二月。事件からおよそ五年の歳月が流れている。とし子は、その間、自分の初恋事件とは何であったのかを考え続けていたのだろう。自己弁明を許さず、容赦のない冷徹さで自分の心の動きを見つめ、その意味を考えようとした。そして、誰に見せるつもりのない、自己省察の記録が残った。自分のための記録である。

（今野勉『宮沢賢治の真実 ― 修羅を生きた詩人』新潮社　二〇一七年　七二頁）

今野さんは、トシにおける青春の苦悩と賢治の難解な文語詩との間の深層の関係を、この「自省録」の解析を通して明らかにしているんですね。それでは今度は、その妹の痛烈な失恋体験を、兄の賢治はいつ、どのようにして知ったのか、という問題が新たに生ずるのですが、その点で重要な役割をはたしたのが、斎藤宗次郎だったたのではないか、と言っています。

その間の事情を、斎藤の『二荊自叙伝』の記述、つまり賢治と宗次郎の交友の跡をたどりながら明らかにしていった。そして地元の新聞で、トシが三角関係の末に恋に破れ、東京に去ったと書かれたことを、賢治が宗次郎を通して教えられたのではないか、その可能性が高い、としたわけです。

こうしてこの時期、賢治自身の青春時代の挫折と妹トシの失恋問題がほぼ

綱澤　同時に進行していって、トシの最期を迎える、そういう状況がしだいに浮かびあがってくるんですね。そして最後に今野さんは、そうした議論を重ねながら、「銀河鉄道の夜」に登場するジョバンニとカムパネルラの関係は、それまでの賢治―トシの兄妹の関係ではなく、どう考えても、それは賢治―嘉内の同性愛の関係に導かれていくのだ、という結論を出すにいたっています。菅原千恵子の出した考えになるのだと言っています。

山折　菅原千恵子のやった仕事が、今野勉の今度の仕事によって裏づけられ、再評価される結果になっている。この点も賢治研究の新展開として注目していいところではないかと思うんですね。

綱澤　今野さんによって、菅原さんの説に光が当たってきたんですね、やっと。

山折　その菅原千恵子が賢治文学の世界にせっかく衝撃的な事実をつきつけて登場しながら、やがて結婚を機に北陸の地に居を移し、そこで難病にかかって悲劇的な病死にいたる、痛ましい最期をとげて、いつしか学界から忘れられ始めている。

綱澤　嘉内と、トシと賢治。そういう問題だったのですね。

山折　同性愛から、トランスジェンダー、それからホモセクシャル、今日の目か

綱澤　らすれば、色々な観点から考えることができる問題になるんですね。そこにやっかいな病気疑惑の問題が絡む。

山折　もっと自由な世界に賢治を解き放ったら、そこからどんな人間像が出てくるかわからない、そういう状況になるということですね。そういう点でジェンダー、フェミニズム世代から今、ＬＧＢＴへの移行期ですか。その世代に新しく移りつつあると思う。いろんな形でカミングアウトする人も増えてきたでしょう。

綱澤　そうですね。

山折　有名なあの経済評論家の、

綱澤　勝間和代さん。

山折　彼女は、結婚もし、子どももいて、今度は女性と一緒に生活を始めたと。これはこれはっていう問題で、やがて珍しいことでもなくなって、というようなことにもなる。賢治の人間像もどんどん変わりつつある。そうなると春画のコレクターであったり、肉筆画のコレクターでもあったということがどんな評価を呼び込むようになるか。

綱澤　そうですね。賢治の世界がもう消滅しつつあるんじゃなくて、これから広

山折　がりつつありますね。

綱澤　僕、これまで何となくＬＧＢＴというものに偏見をもっていたな……。（笑）。

山折　まあ、偏見とまでいかなくても、何となく違和感をもっていたんですが、そんなこと言ってはいられない、時代は進む（笑）。

綱澤　菅原千恵子さんの『宮沢賢治の青春―〝ただ一人の友〟保阪嘉内をめぐって』を読みましたが、本当に賢治は嘉内に惚れているんですね。

山折　惚れているんです。

綱澤　賢治は春画のコレクションにしても、自分自身が純粋に楽しむために持っていたというより、得意げに同僚に見せていたというのですから、微妙に疑問が残りますが、健康な年頃の男性なら親しい間柄になった女性がいてもおかしくないんですが……。

山折　いろんな人がいて、何人かの女性が出てくる。その研究がかなり進んではいますが、どうも決定的な異性が存在していたとは聞いていませんね。

綱澤　入院している頃、看護婦さんと仲良くなって、賢治は随分惚れていたんですが、父親が猛反対して、それは、パーになってしまったんです。それから次々に賢治に惚れてくる女性はいたけれども、どれも恋愛に発展しない。後で詳しく述べますが、あれは高瀬露という女性でしたか、羅須地人協会時代に賢治の所にたびたびやって来るので、賢治は顔に炭を塗ったり、ぼろぼろの着物を着て出て、わざと嫌われるようにしたとか、そういうことが記録には残っています。彼が結婚しないという本質には、宮沢家の血を残したくないという思いがあったように思います。そこには父への反発もあったでしょうし、自分の病気のことも意識の底にはあったかもしれません。

山折　自分の血に対するある種の嫌悪感というものはあったかもしれない。私にしても、自分の血に関して、宗教家の血筋に対する違和感がずっとありましたからね。

綱澤　だから「よだかの星」のように、もう自分が死ぬしかないと。

山折　先に言った妹トシの「自省録」のように資料がどこかに隠されているかもしれないし、論じがたいテーマではありますね。だから、それも一つです、そんなこともあって、このＬＧＢＴ時代の賢治という存在が、おそらくこれからは大きく変貌していくだろうという予感がしますね。

綱澤　やった人はいませんね。賢治はなぜ独身だったのかというような本もありますが、あの時代、子どもが年ごろになれば、いいところから見合いの話が持ち込まれてしかるべきだと思いますが、その辺りのこともわかっていないんでしょうか。

山折　まだ、その先はわかりませんね。ただもしも同性愛志向が強ければ、それに伴って女性嫌悪、女性忌避の感情がもともと強かったのかもしれません……。さらに踏み込む具体的資料が見つかれば、それで解けるかもしれません、賢治の世界そのものの中で。

綱澤　そうですね。例えば精神病理学とかをやっている人なんかが、案外新しい切り方ができるかもしれません。

山折　精神科医からの視点も可能性の一つですね。

綱澤　保阪嘉内は、賢治にとって何者だったんだろうということが主たるテーマになると思いますが、恋人のような面もありますし、母親のように慕うというところもありますし、賢治が甘えっぱなしで、どうして、保阪嘉内にこれだけ賢治が傾斜していったのだろうかと思いますね。

山折　そこは核心の部分かもしれない。結論の方から先に言ってしまうと、青春というものは、そもそもそういうものじゃないのかということ、これにはっと気がつきましたね。そして、戦後の日本人はというか、世界にまでそれは及ぶのかどうか、この辺は難しいですが、少なくとも戦後七〇年の間、日本人は青春というものをだんだんに忘れ去ってしまったのではないか、あるいは青春というものの悲劇性とか、ある意味での絶対性とか、それなしには成長していくことはできないとか、そういったような、あるいはそういう様々な問題を含んでいる青春、それを見失い始めた。戦後においてはまだ、ある意味ではそれは当然の理想的な目標として、自分の背中の方に、頭のかなたの方に、ちらちらっとしていましたが、それがいつの間にか裏切られ、挫折し、傷つき、そのためそれを正面から直視しないようになった。そしてだんだん生きるということはつらいことだ、絶望的なことだ、ということを知らされない状態に放置されてしまった。つまり一口でいうと、青春の喪失の状態に陥ったと言っていい。「青春」をくぐらなければ、人間は大人になることはできないという、少なくともわれわれの時代にはあった魂の疼きのようなもの、われわれの青春時代にはまだあったと思いますが、それが気がつくといつの間にか失われている。いろんな戦いをして傷ついて、やがて大人になるんですけど、そういう経験が今は奪われてしまっている。奪われたというよりは、忘れ去られてしまったような時代です。そういう時代に実は賢治という若者に、そしてその恋人であるような、恋情の対象であるような、近親相姦とはちょっと違うんだけれども、トシや嘉内という人物を介入させれば、さまざまな愛のかたちを通して、その青春の実像というものに迫れるかもしれない。そして、そこには宗教という問題がどうしても出てくる。宗教と愛の葛藤ですね。そういうことを考える前提のようなものが、今の世の中にはとても希薄になっているというか、失われかけているのではありませんか。

綱澤　菅原千恵子さんは「宮沢賢治の青春」という平凡な書名にされていますが、この本の書名はこの平凡な「青春」という言葉しか思い浮かばないと言ってもいいぐらい凝縮した言葉ですね。かつては、旧制高等学校というのがあったでしょう。ここで青春を謳歌するということがよく聞かれました。しかし今は受験勉強からいきなりお行儀のいい大人びた大学生になりますね。大学生というのは青春のなかにいるというよりも、もう大人の世界に近いような。本当に自分の心情を吐露したり、泣きわめいたり、悔しがったり、そういうところはないですね。

山折　今、僕は青春というものをもっと時代的にも空間的にも普遍的な問題として考えてみるべきだと言ったのですが、実は明治の場合はどうだったんだろうと考えてみると、色々参考になることが出てきますね。明治の時代はある意味で「革命」の時代だったし、戦って、生き残るか、あるいはそれで死ぬか、そういう時代を若者たちは生きていたわけです。坂本龍馬から西郷隆盛、大久保利通、全部そうですね。そしてその時代の文学者たち、自殺したような、名前すら出てこない青年たち。北村透谷や国木田独歩などの文学者、明治初期の自由民権の先頭をいく文学者や政治青年。つまり、生きるか死ぬか、革命なるかならざるかで悩んで、自殺するものも出る、新天地を求めて外国に出る奴もいる。そういう悩み多き青年たち、男も女も、出てくるわけですね。

そしてこれが大正に入ると、悩める青年たちがさらに続出するんです。普通の青年たちがです。それを象徴するのが華厳の滝に身を投じて死んだ藤村操から始まって、有島武郎に至るまで。有島は心中してしまいますけれども。つまり悩みに悩む、そういう青年像というのが、大正になってぐっと出てくる。もう一つ、この時代には若者宿という慣習が制度としてまだ残っていた。例えば明治の青年たちを考えると、だいたい同性愛的な世界の中で成長しているんですね。鹿児島の郷中組というのがありますね、これは非常に狭い地域の中で、西郷も大久保も東郷も皆同じ地域に住んでいて、成長期はここに入って男たちだけで生活している。そのための時間と空間が確保されている。若者宿では夜這いという慣行がありますが、西郷たちの郷中組では同性愛的な内部結束が強化される傾向があった。のちの西郷と月照との関係みたいな、つまり同性愛的な同志の関係があちらこちらで見られるわけです。南方熊楠なんかもそうだし。夏目漱石と和辻哲郎の関係も同性愛的な関係だったんじゃないかともいわれています。ある意味、プラトニックラブに近い。今のホモセクシャルの世界とは違うのですが、それが根っこにあって、これが大正時代の賢治と嘉内との関係においてもやっぱりいろんなつながりがあったんだろうと思う。突然出てきたわけじゃないと思います。

綱澤　日露戦争が終わってから、私《わたくし》の生活というものが前面に出てきました。国家のためといった志士仁人的生き方というものが後退しまして、いわばマイホーム主義というか、国家のために働いても生活が楽になりゃしないんだということを石川啄木なんかが言って、その象徴が日比谷の焼き打ち事件ですね。日露戦争に勝ちながら、結局何もわれわれにもたらさなかったという欲求不満が爆発して、ああいう騒動になりました。あの辺から私の生活というものを非常に前面に出すようになった。そして偉くなるとか、親分になるというようなことは何の価値もない。もっと人生を内面から見つめていこうという、華厳の滝で投身自殺をした藤村操もそうだし、そういうものが明治四〇年代から大正にかけて出てきて、大正のデモクラシーに入っていくわけです。賢治はそういう時代を生きて、非常に象徴的ではありますね、この賢治の青春というのが。これだけ内面を吐露する賢治を、しかし嘉内はそれを全面的に受け入れちゃいないんですよ。彼は真の農民ですから、お父さんは農業をやらなかったけれど、彼は農業をやって村長になって村を豊かにし、農本主義者として生きていこうとしていました。賢治は百姓になれませんからね。そこの違いで、非常に抽象的な法華経というものでもって青春をぶつけたというか、これしかないというほど賢治は法華経に心酔し、嘉内もそれからお父さんにも、トシにも法華経を強いるというか、駄々っ子のようです。嘉内が退学になったときも、お母さんを亡くしたときも、法華経に入信しろ入信しろと言って、こんな失礼なことをこのときに言うかというぐらい、賢治からの手紙を見ますと言っていますね。保阪嘉内はよく辛抱して聞いているると思います。

◉重なる悲恋、妹トシの自省録

音楽教師／三角関係／新聞記事／自省録／宮沢淳郎『伯父は賢治』／今野勉／口語文語詩／菅原千恵子／高瀬露／悪女露／臨床心理士／矢幡洋『賢治の心理学―献身という病理』／鈴木守『宮沢賢治と高瀬露』／野獣になれない

山折　実は賢治には妹が三人いて、一番下がクニさんっていうんですよ。トシ、シゲ、クニと続くんだよね。で、シゲさんは、私の実家の寺のすぐそばにお住まいでした。同じ町内なので、知り合いだったんです。シゲさんに二人の息子さんがいて、遊び友達でした。兄さんの方は五、六歳上でとても頭のいい人でした。また、その頃私は知り合っていなかったんですが、下のクニさんの息子さんで淳郎さんという方がいて、その方が伯母にあたるトシの書いた記録を見つけて、これを出版するんですね。先にもふれた宮沢トシの「自省録」です。それがノートいっぱいにびっしりと書いてあって、自らを反省

するというので自省録と彼は呼んでいるのですが、その内容というのが、トシの花巻高等女学校時代の失恋体験にかかわるものなんです。当時彼女が二年か三年になったときに、社会見学か何かで東京の音楽学校に行っているんですね。そのとき、今の芸大、かつての東京音楽学校で出会った音楽教師が、のちに花巻高等女学校の教師として赴任してきます。この教師に対する憧れの気持ちが恋になっていく。その恋情が性欲と信仰の問題の葛藤にまで展開していく。その一部始終がトシ本人の手で書き残されていた。

綱澤　トシは、恋愛も何もせずに死んじゃった、かわいそうに、と一般的には考えられていましたね。

山折　そう考えられてきましたが、しかし淳郎さんは一方で、自分の伯母のトシがこのとき、非常に自己主張の強い、自分のことばっかり語っているように映るとも言っています。賢治の詩の中には、トシは、「われ」のことばっかり考えていて情けない、今度生まれてくるときは、そういう人間ではない人間として生まれてきたいという気持ちがうたわれていますね。そのトシの言葉とも響き合うんですね。

綱澤　それだからかどうかわかりませんが、賢治がトシの見舞いだとか世話だとか、何だかんだ言いながら、実は嘉内に内密に会うために、トシを利用していたのではないかと思いますね。

山折　それと関連するかもしれないね、おそらく。隠れみのになるものね。それで、その音楽教師が、花巻高等女学校に赴任してきて、下宿した所が、賢治の生家のすぐ裏。そのすぐそばに、僕の中学校時代の親友の、「わんこそば」を出すそば屋があった（笑）、今もある。だから、しょっちゅう見たり見られたりっていう関係ではあったことは想像できる。

綱澤　そうすると、色々込み入ってきますね。

山折　ところが、クラスに美しい同級生がいて、その人は秋田から来た人だった。この人がやはり音楽教師のことを好きになって、そこで三角関係ができる。そして、トシが敗れる。そのことを地元の新聞が暴露して、三日間にわたってその三角関係の顛末を記事にした。あの時代、そんなことをやってたのかっていう感じはするけどね。その記事が、当時の花巻市民たちに読まれてしまって、学校中にも広まっていった。それで追われるように、トシは日本女子大学にいかなければならなくなった、そういう状況だったようです。

綱澤　どれくらいの部数を発行していたか、今ここではわかりませんが、その岩

山折　手民報の「音楽教師と二美人の初戀」という記事を見ますと、別の名前をあててはいますが、花巻の人が読めば、実名でなくてもトシのことだとわかるでしょうし、花巻中にその話は広がったでしょうね。

それが大正四（一九一五）年の話です。それから、東京の日本女子大学にいって、病気になって、また帰って療養に入る。こうして大正十一（一九二二）年になって亡くなるわけです。そのトシが亡くなる直前、その自省録を賢治が読むんですね。それで、びっくり仰天して。

綱澤　びっくりするでしょう、それは。それに妹の恋愛沙汰というか、惨憺たる悲恋の一部始終を知って、賢治はどんな気持ちだったのか……。

山折　ここで、その宮沢淳郎さんの著書から、トシの「自省録」の一部と、淳郎さんの解説「そえがき」を引用しておきましょう。

思ひもよらなかった自分の姿を自分の内に見ねばならぬ時が来た。最も触れる事を恐れて居た事柄に今ふれねばならぬ時が来た。『自分もとうとうこの事にふれずには済まされなかったか』と云ふ悲しみに似た感情と、同時に「永い間模索してゐたものに今正面からぶつかるのだ、自分の心に不可解な暗い陰をつくり自ら知らずに之に悩まされてゐたものの正体を確かめる時が来た」と云ふ予期から希望を与へられて居る。

此の四五年来私にとって一番根本な私の生活のバネとなったものは、「信仰を求める」と云ふ事であった。信仰によって私は自己を統一し安立を得やうと企てた。信仰を得る事ほど人生に重大な意義のある事はないと思はれた。自分と宇宙との正しい関係に目醒めて人として最もあるべき理想の状態にあったと思はれる聖者高僧達の境涯に対する憧憬に強く心を燃やした。暫くの間私には宗教に対する憧憬と信仰を求める事との間の差異がわからなかった。忘れもしない二年生の秋、実践倫理の宿題に「信仰とは何ぞや教育とは何ぞや」と出た時私は魂を籠めて可成り長い論文を書いた。その時はそれで信仰と云ふ事がわかったつもりで満足して居たのだったが今思へばあれは全く信仰に対する憧憬を書いたに過ぎなかった様に思はれる。私に解って居たのは信仰の輪廓にすぎなかった様に思はれる。私は今同じ問題を書かねばならぬとしてもあの様な大胆で単純な讃美あこがれは書かうとしないであらう。今は輪廓よりも内容を求めるからである。そして内容の体験の至難である事を感ずるからである。

自己の現実に対する不満、広い世界に身のおきどころのない不安に始終おそはれて私は実在を求め絶対者をよび救ひを求めて居たにも拘らず私は遂に求むるものに触れ得たと云ふ歓喜を得なかった。私の求むる対象は始めは安立であり、隠れ家であったがその後少しづつ微かな推移をつづけた。安立が究竟の目標ではなくなったけれども、とにかく現状を突破して新生を得たい望みはついに今までとげられなかった。

私の今尚渇望するものも亦新生である。甦生である。新たな命によみがへる事である。それが私の今生きてゐる事の最大意義となって居る。

私は魅力ある言葉をたづねる事に漸く倦きて来た。私の日記には統一を求め調和を求め、自己を精進の道に駈り出す励ましの言葉がくりかへし繰り返し書かれた。そして私は疲れて来た。弱い糸を極度まで張った様な一昨年の末の状態はついに、身体の病となって現はれた。それは当然の結果である。そして其後一年ばかり今に至るまで心身の休養の時を与へられたのは何と云ふ恩恵であったらう。私は病気の警醒にあって始めて今までの無理な不自然な努力緊張の生活から脱れる事が出来た。自然は、私に明らかに「出直せ」と教へて居る。

私は今までの努力に緊張し、精神に駈り立てられた生活を反省してそこに欠陥を見出さねばならなくなった。そこに私の病気の偶然に起ったのではない事を見た。この苦しく病気にまで導いた原因は一朝一夕のものでなく、五年前から私の心身に深く食ひこんでゐたものであった。その病根が強い力で私に影響して来たと云ふごく自然な必然な事実を無視しやうとして意志を以てこの力の影響に抵抗を試みたのが五年間の不自然な苦しい努力の生活であった、と思はれて来た。

私は常に全我をあげて道を求めてゐた、と思ってゐた。Concentrationこそは私を救ふ唯一の路であらうと思った。只管祈りに自分の凡てを投げ込まうと努めて来た。が私は今はそれを疑ふ。全我をあげて信仰を求めてゐると思ったのは自分に対する省察の欠けてゐた為ではなかったか。と。

確かに、私の意識が只一つに神を求め自分の働き所を見出す事に向けられてゐる瞬間にも尚私のうちにはそれと全く別な何ものかがありはしなかったか。祈りに燃えてゐると思はれる時にも尚その火の光の届かぬ暗い部分がありはしなかったか？

その不思議な力を持つ私の内のあるものを今までその存在さへも認めや

うとしなかったと云ふのは、自分を見詰める眼の曇ってゐた為であったとは云へ特別の原因があった様に思はれる。私はこの自分のうちの暗い部分を常に常に恐れてゐたに違ひない。意識されない間にも。何かの機会にその部分に眼を向けねばならぬやうなはめが来ても、痛いものに触った様にはっとして目をそらしてしまったにちがひない。その不可解な部分の近くまでを動かす何かの刺戟をも、おどろいてその危険区域から遠ざからせたにちがひない。この部分こそは――私は今は恐れなく躊躇を斥けて云はう――私の性に関する意識の住み家であったのだ。

そしてその範囲に一歩足をふみ込むや否や私はそこに、過去の私の傷ついたいたましい姿を見ねばならなかったのだ。丁度その時と同じように私の心が痛み、取り返しのつかない過去を悲しまねばならなかったのだ。そしてこの悲しみにぢっと堪えて自分の真相を見やうとする強みの足りなかった当時の私には重荷でありすぎる問題と思はれた。悲しみに打ち砕かれながらも尚生きやうとする勇気を失はずに進んで行けると云ふ自信のない間は、目を過去に向ける事は徒らに自分を感傷的にし意気をはばむに過ぎない事を知った為に、私はわざと過去のこの部分に追想をむける事を避け同時にその問題に関連する凡ての考へに触れる事を恐れたのである。「今少し私が強く人らしくなって感傷的な涙に溺れる事なしに自分を正しく批判する事の出来るまでは」と意識の領域を侵す事を禁じて居たのである。

勿論私の心には常に、「あの事」について懺悔し、早く重荷を下して透明な朗らかな意識を得たいと云ふ願ひがあった。が自己を冷静に凝視して正に受くべき責罰を正視しないうちは、懺悔の内容は只空虚な悔恨にすぎないであらうと云ふ事を知った私は、懺悔に急ぐ前に懺悔に堪えうる性格の強さを養はねばならなかった。先づ自己を養ひ育てねばならなかった。不幸な過去の過失を償う為にも、その事の満足な解決をつける為にも二重の意味で私は未来へ、未来へ、と向かねばならなかった。

私の努力を此の様な方向にむけたと云ふのは私には余儀ない事であった。然し、恐れ避け強いて意識の外に追ひ出して居たと思ふに拘らず此の事が如何に密かに力強く私に影響を及ぼして居たかは今明らかである。

私の生活の不徹底と矛盾とは凡てこの遁るべからざるものをのがれ、見まいとした不自然から来た様に思ふ。まことに私はそれについて意識に上す事を恐れ、自分の眼にさへ秘めたに拘らず、その出来事以後の私の性格も思想も、意識されない程の深みに於て影響され囚はれて居た事を疑ふ事が出来ない。この根本的の不合理の上に立ちながら自己の統一に、信仰を求める事に、費した努力は行き詰ったのが当然である。現在何をなすべきか、将来いかにあるべきか、の問題も、この不合理のままに考へるならば、理想として抽象的には何かを考へる事が出来ても具体的な生活の力と成って来ない事は今までと同様であらう。

私は自分を知らなければならぬ。過去の自分を正視しなければならない。悪びれずに。

五年前に遭逢した一つの事件によって、私に与へられたものが何であったかその教へる正しい意味を理解し旧い自分を明らかに見、ひいて私の未だ償はずに居るものを償ひ恢復すべきものを恢復して新しい世界にふみ出したい、過去の重苦しい囚はれから脱し超越して新しい自分を見出し度い、善かれ悪しかれ自分を知る事によって、私は自由をとりかへす事が出来やう。受けとるものが責罰のみであらうとも正しくうくべき良心の苛責を悪びれずにうける事によってのみ私の良心は自由を得る事が出来やう。

「過去の財宝を引き出す為には自分が強者であると云ふ自覚を持った時

に入って行くべきである」とメーテルリンクは教へる。

私には自分が強い、とは今思はれない。しかし此の後も尚過去の鉄鎖につながれて、曽て私のした事が未来にかかる自分の希望や理想をさんざんにふみ荒し、萎縮させるに任せる事はもはや堪えられない事である。私は自分のした事を本当に知り度い、そしてこの執拗な束縛から脱れたい、新たに生れ変りたい、と云ふ願ひに押されて私は過去に目をむけやうとするのである。

「過去に向かって何を企てる事が出来やう。どの様に努めても過去に行った一つの小さい行為をも今はとり消す事が出来ず、一言の言葉も訂正する事が出来ぬ」とそれは一面の真理ではあるけれども、しかし過去になした自分の行為を今如何に取扱ふか過去の自分に対し何を感じ何を教へられ如何なる思想や力を与へられる事が出来るか。といふ事こそは全く自由でなければならぬ。

私は自分に力づけてくれたメーテルリンクの智慧を信ずる。

（以下「自省録」後半は略す）

（大正九年二月九日、（十六日目）に終る）

〔そえがき〕

宮沢トシ自省録は、新発見の資料である。したがって、公表する以上は、それなりの手順をふむ必要がある。まずそれがほんものであるかどうか、なぜ筆者の手もとにあったのかを明らかにしなければならない。また、内容がどの程度の重要性をもつか、これを公表することにどんな意味があるかも検討を要する問題である。

最初に真贋の件であるが、賢治の弟妹中ただひとりの生存者宮沢清六の鑑定によれば、ほんものであることに間違いないとのことであった。思うに、トシ他界後の形見分けに際し、筆者の母である妹クニがもらったのであろう。クニが昭和五十四年に死亡し、翌年主計がそのあとを追うように亡くなったのち、当人たちの遺品にまじってトシ自省録が生き残り、筆者が思いがけず目にすることになったというわけである。

内容の重要度と公表の可否については、いまだに疑念が残る。それは、いずれに関しても、功罪あいなかばする面があるからにほかならない。たとえば、つぎのようなことがらは、今後の賢治研究に何がしかの材料を提供するかも知れない。

(一) トシは花巻高等女学校四年生のころ、たぶん初恋と思われる恋愛を体験した。
(二) それが地元の新聞記事となり、家族に心配をかけた。
(三) トシが日本女子大学校に入ったのは、旺盛な進学意欲もさることながら、むしろ故郷を追われてそうせざるを得なかった面のほうが強い。
(四) 彼女の精神生活で宗教問題が占める比率は、想像以上に大きかった。
(五) トシはこの文章を書いてから半年あまり経ったあと、すなわち大正九年の九月二十四日に母校花巻高女の教諭心得になったが、その裏には本人と家族めいめいの微妙な心情があったはずである。

ついでにつけ加えるならば、かなり長文の自省録の中に、個人としての賢治がまったく登場せず、「家族」というあいまいな表現になっている点にも興味をひかれる。

しかし同時に、新資料公表にともなう弊害が予想されないでもない。その最たるものは、トシのイメージが崩れることである。伝記類を見る限り、賢治を上回るほどの能力を持っていたと受けとられかねない神秘の女性トシは、実はふつうの女子大生なみの文を書く人間だったと分かって、あるいは失望する読者がいるかも知れない。少なくとも、筆者はその口であった。

一読して、同じ内容のくり返しが多いことにうんざりさせられる。何が言いたいのか、その要点をつかむのがむずかしい。途中でいきなり「彼」と「彼女」の話に変わるので面くらってしまう。ところどころに挿入される英単語が、いかにもぎこちない。実名が出てこないのでいらいらしてしまう。徹頭徹尾、自己中心的な内容で、その我の強さに辟易させられる。おそらく、こんな読後感を持つ人が大多数であろう。

以上を感じ取り、公表しないほうがいいと考えたのが、筆者の母クニだったのではないか。そのために、トシ自省録が人に知られることなく、今日まで埋もれてきたと推定する。ところが二度三度と読み返し、筆写したり要約を作ったりしているうちに、私は母と違う気持をいだくようになった。かなり主観的な見かたではあるが、要点を述べてみたい。

第一に、たとえ本人にとって不本意な結末であったにしても、生前恋愛を体験したのは喜ぶべきことではないか。かりに何ごとも起きなかったとすれば、薄幸な伯母トシがあまりにもあわれでありすぎる。

第二に、稚拙な表現も、伯母の若さのあらわれととれば、逆にほほえましくさえある。

第三に、精神的苦痛や肉体的疾患をかかえながら、しゃにむに立ち直ろうと努める姿勢に、むしろ生あるものの美しさ、たくましさを痛感する。

ともあれ、トシ自省録の内容も六十余年の歳月を経ており、すべてに時効が成立すると考えられる。それ自体の価値や公表の意義については見る人がそれぞれに独自の判断をくだせばよいことである。今回、こんな資料もあるという形で、あえて世に問う次第である。

（宮沢淳郎『伯父は賢治』東京・八重岳書房 一九八九年）

妹トシの悲恋の問題と、賢治自身の保阪との悲恋の問題が、そこで重なったに違いない。しかし、そのことはこれまで隠されていた。それを甥の淳郎さんが右の記録にもとづいて明らかにしたことで、初めて世に現れたということです。それはちょうど保阪嘉内の手紙が公表された問題と似ていて、そこも対応するかもしれません。新しい資料から読みとれる新しい事実があるということですね。

それで、今度は今野勉さんが、その事実をベースに、つまり賢治の『春と修羅』の初期の作品、それから口語詩や文語詩、そして短歌の非常に難解な文章を解読していくわけです。その解読の仕方が、ちょうど保阪の手紙と、それから『春と修羅』の「小岩井農場」から「冬のスケッチ」に至る、あの箇所の分析と、重なっていくんですね。この辺りの解釈の流れを読むと、見方によっては今野さんが菅原千恵子の作品に影響を受けた状況もわかりますね。こうして、青春時代に二人が同じ体験をしていたことが見えてくる。一方では法華経によって魂の救済を求めていく。それが、今野さんの作品の重要なモチーフになっていて、もう一つは、「銀河鉄道の夜」のカムパネルラの問題ですね。これは、どう考えても保阪だと、保阪の影しか出てこないっていうところにいくわけです。それはトシの「自省録」を読んでいくと、トシの影がカムパネルラからどんどん離れていって、それにかわって登場するのが保阪の存在感だと。これで合致するわけです、今野仮説と菅原仮説が。こういう問題が、これからの賢治研究にとって、賢治に対する認識のあり方にどういう影響を与えるかというのが、私にとっては非常に大きな問題だろうと思いますよ。

綱澤　ここで、もう一人考えてみたい人がいます。羅須地人協会時代の女性に高瀬露さんという人がいますが、この人と賢治の関係について少し言及しておきたい。あまりにもひどい仕打ちをした賢治と悪女露という話が伝わっています。

山折　そのことが、どこかに書かれていますか。

綱澤　賢治全集の第一四巻補遺、昭和五二（一九七七）年に初めて載せていますね、高瀬露さん宛ての、賢治がひどいことを書いている手紙の下書きを。はっきりわからないぐらいの文章ですよ。それをわかるところだけきれいに整理して載せているのですが、それだけを見れば、ものすごく失礼な手紙です。

重ねてのお手紙拝見いたしました。独身主義をおやめになったとのお詞は勿論のことです。主義などといふから悪いですな。あの節とても教会の犠牲になっていろいろ話の違ふところへ出かけなければならんといふ時でしたからそれよりは独身でも（明）るくといふ次第で事実非常に特別な条件（私の場合では環境即ち肺病、中風、質屋など、及び弱さ、）がなければとてもいけないやうです。一つ充分にご選択になつて、それから前の婚約のお方に完全な諒解をお求めになってご結婚なさいまし。どんな事があっても信仰は断じてお棄てにならぬやうに。……（中略）……前の手紙はあなたが外へお出になるとき悪口のあった私との潔白をお示しになれる為に書いたもので、あとのは正直に申しあげれば（この手紙を破ってください）あなたがまだどこかに私みたいなやくざな者をあてにして前途を誤ると思ったからです。あなたが根子へ二度目においでになったとき私が「もし私が今の条件で一身を投げ出してゐるのでなかったらあなたと結婚したかもも知れないけれども、」と申しあげたのが重々私の無考でした。あれはあなたが続けて三日手紙を（清澄な内容ながら）およこしになったので、これはこのまゝではだんだん間違ひになるからいまのうちはっきり私の立場を申し上げて置かうと思ってしかも私の女々しい遠慮からあゝいふ修飾したことを云ってしまったのです。その前后に申しあげた話をお考へください。今度あの手紙を差しあげた一番の理由はあなたが夏から三べんも写真をおよこしになったことです。あゝいふことは絶対なすってはいけません。もっとついでですからどんどん申しあげませう。あなたは私を遠くからひどく買ひ被っておいでに

（『宮沢賢治全集〈14〉補遺』筑摩書房）

山折　どういう女性ですか。

綱澤　羅須地人協会時代に、賢治に求愛した高瀬露という小学校教員をしていた女性です。彼女が羅須地人協会に出入りするようになり、食事の支度をしたり、オルガンを弾いたり、賢治を助けようとして一生懸命だったのですが、やがて、賢治は彼女を拒絶するようになります。顔に灰を塗って、あるいは自分は病気もちだから近寄るなとか、今は下の畑におりますとか言って、追い返そうとしたと伝えられてきました。保阪嘉内に対してはあれだけ赤ん坊のような甘え方をして、彼女を許さないんですよ。拒絶する。賢治も、何もここまで憎まなくてもいいように思うんですけどね。

矢幡洋という臨床心理士が『賢治の心理学― 献身という病理』（彩流社）という著書の中で取り上げています。私はあなたと共に生きていきたい、法華経にも入っておりますし、何なら何のお手伝いでもできます。しかし今、結婚の話がまいっておりまして、というようなことで、賢治に質問しましたら、勝手にすればいいじゃないかとか、もっと、ひどいことも書いているんですよ。

山折　それで、著者の矢幡さんは、それをどういう心理と分析したんですか？

綱澤　賢治は甘ったれで、一段下の人間として他人をみる癖があり、相手をただ黙らせるだけの権力的な性格をもっていたと。「雨ニモマケズ」が書かれた手帳の中の次の句が、露との一件を指していると言っています。「聖女のさましてちかづけるもの　たくらみすべてならずとて　いまわが像に釘うつとも　乞ひて弟子の礼とれる　いま名の故に足をもて　われに土をば送るともわがとり来しは　たゞひとすじのみちなれや」。矢幡氏は、「私はこの詩句が、露とのことを書いたものではない、と信じたいような気持ちがある。……（中略）……　賢治は、この時点においても、一人の女性から愛された、という事実の重みを全く受け取っていない。いわんや、その愛情に答えられなかっ

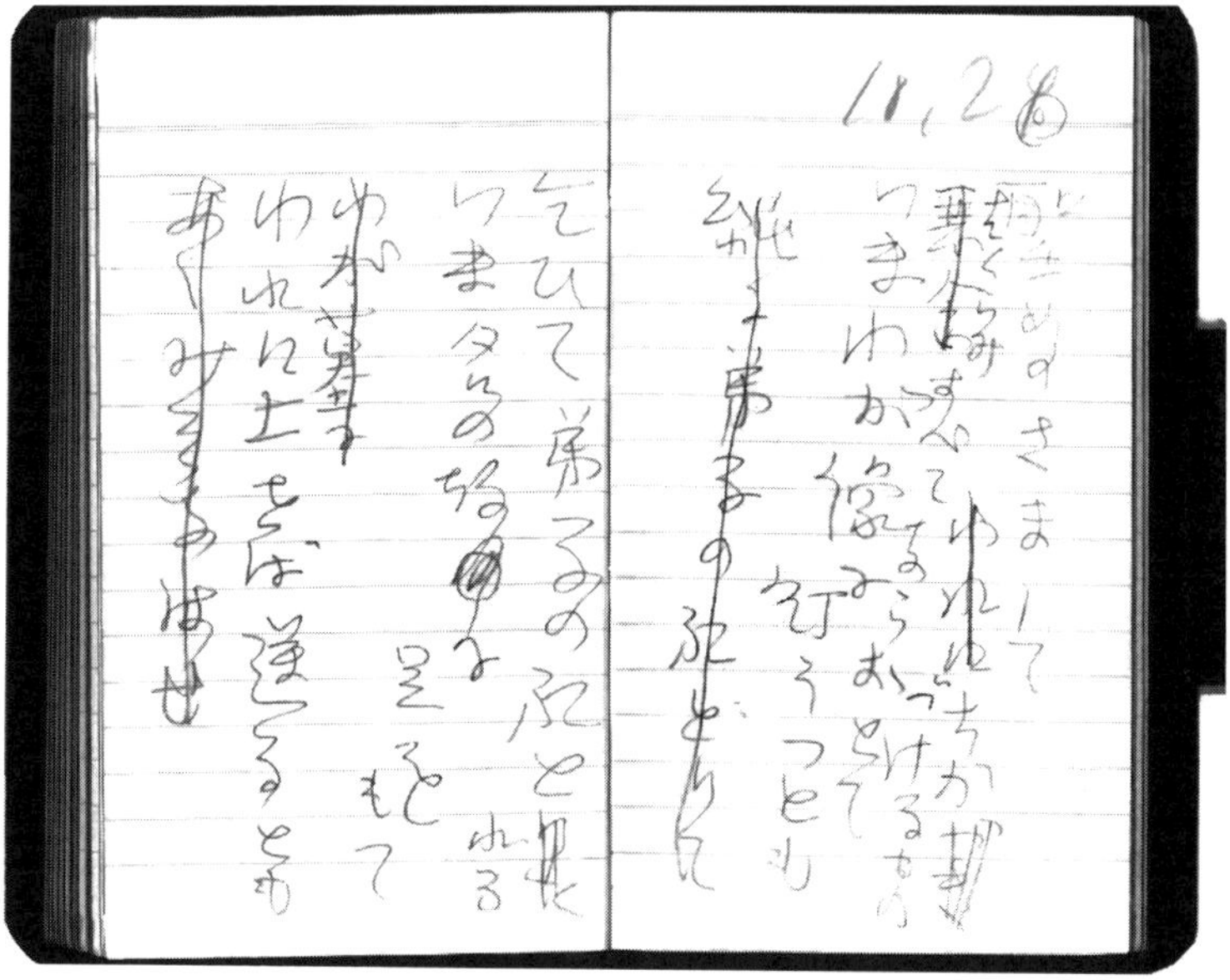

聖女のさまして
ちかづけるもの
たくらみすべてならずとて
いまわが像に釘うつとも

乞ひて弟子の礼とれる
いま名の故に足をもて
われに土をば送るとも

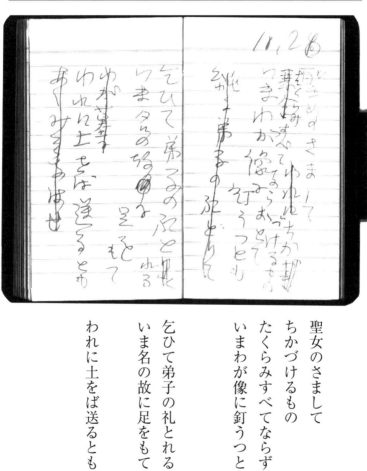

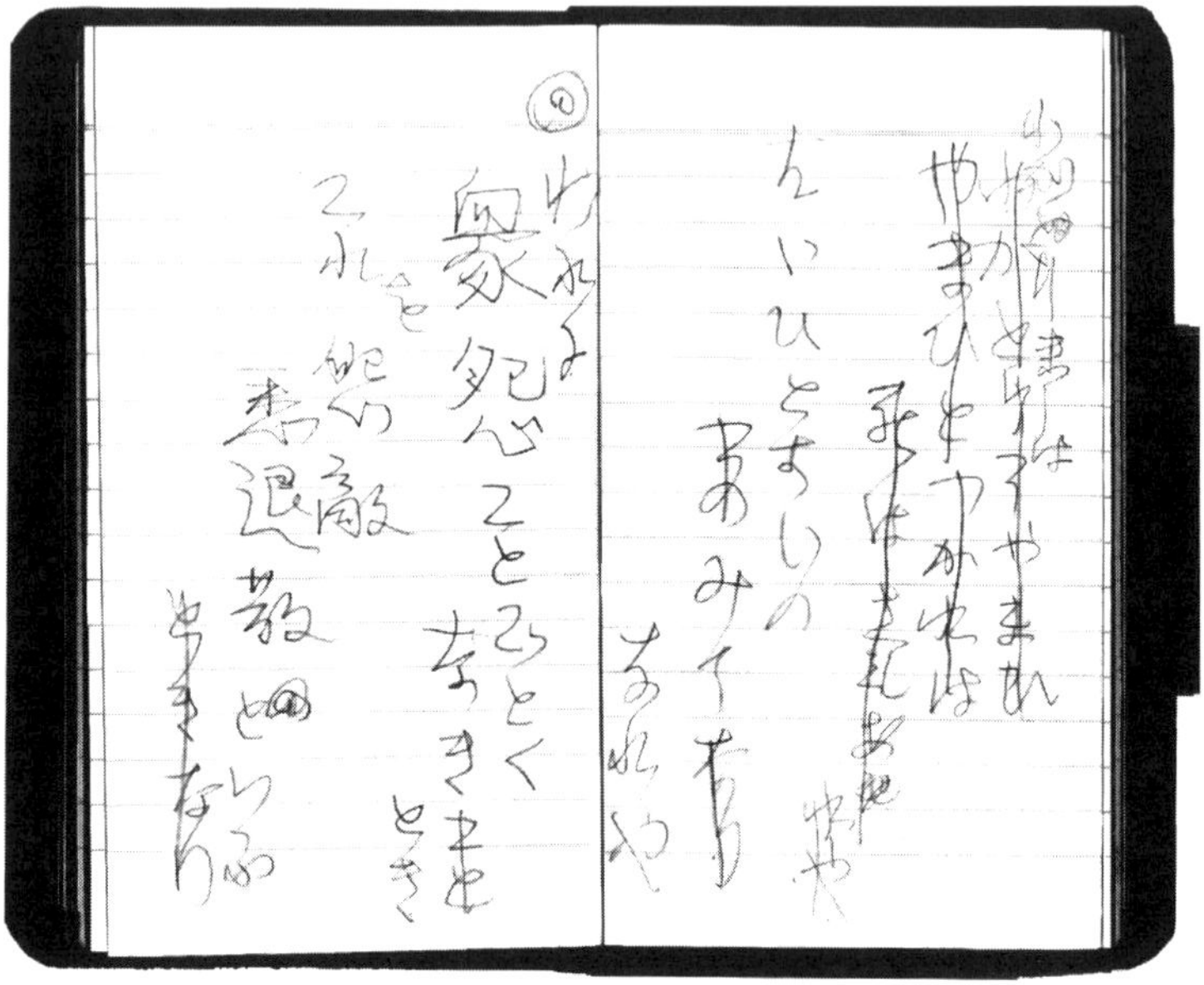

わがとり来しは
たゞひとすじのみちなれや

た、相手を傷つけたかもしれない……。」と言っている。こうなると、賢治の全人格というか、そういうものがやや疑われてくるんですよ。臨床心理士であり、心理学の専門の人だから、そういうところを見抜く力があるんじゃないでしょうかね。しかし、この問題の真相は、まだ明らかにされてはいません。高瀬露を悪女と称してきたのは、捏造で冤罪だと言う人たちもいます。『宮沢賢治と高瀬露』（共著）などの著書をもつ鈴木守という人は、次のように言っています。

だが一つだけ、決して俟っているだけではだめなものがある。それは、濡れ衣と、あるいは冤罪とさえも言える『〈悪女・高瀬露〉の流布』を長年に亘って放置してきたことを私達はまず露に詫び、それを晴らすために今後最大級の努力をし、一刻も早く露の名誉を回復してやることである。

（友藍書房　平成二九年）

そして、このことは賢治にとってもプラスになることだと、次のように言います。

天国にいる賢治がこの理不尽を知らない訳がない。少なくともある一定期間賢治とはオープンでとてもよい関係にあり、しかもいろいろと世話になった露が今までずっと濡れ衣を着せ続けられてきたことを、賢治はさぞかし嘆き悲しんでいるに違いない。そして、『いわれなき〈悪女〉という濡れ衣を露さんが着せられ、人格が貶められ、尊厳が傷つけられていることをこの私が喜んでいるとでも思うのか』と、賢治は私達に厳しく問うているはずだ。（同上書）

山折　人間にはそういうところもあるな（笑）、私自身にもあると思いますけどね。

綱澤　山折さんにはないでしょ。

山折　いや、何か出てきそうな感じがするな、何かのときに。これは、難しい問題であると同時に、きつい、つらい問題ですね。

綱澤　賢治の恋愛観というか、エロスとの関係でも、非常に面白いところですがね、怖いんじゃないでしょうか、肉体的な交渉が不可能な妹とか保阪とかには非常に優しくなれるけども、性の対象になるような女性は怖いんじゃないですか。

山折　それ、裏側からいうと、野獣になれない男かもしれない……。

綱澤　野獣になれないいんですね。

山折　普通の男は野獣になる。「美女と野獣」の関係性というのは、これは非常に微妙で大きい問題をはらんでいます。

綱澤　女性が怖くてしょうがないけれど、トシを愛することはできる。

山折　それがもしかすると、賢治の内面における保阪嘉内体験とも関係があったかもしれない。高瀬露という女性に対する、ほとんど生理的な反発というか、自分の意志ではもうどうにもならないというか……。

◉斎藤宗次郎とデクノボー論

児玉佳與子／「雨ニモ負ケズ斎藤宗次郎」／『二荊自叙伝』／栗原敦／花巻のトルストイ／中村不折／内村鑑三／非戦論／日本のナショナリズム／「陸中花巻の十二月廿日」／「弟子を持つの不幸」／親鸞／「弟子一人ももたずさふらふ」／最期の看取り／暁烏敏／ジャポニスム／法華経／アニミズム／島地大等／田中智学／国柱会／堀尾青史／山本泰次郎／「二青年の対話」／ベジタリアン／肉食の告白／宗教に対する寛容さ／生き方の問題／隠者の系譜／木鶏

綱沢　山折さんは斎藤宗次郎について早くから注目されていたのではないですか？

山折　僕は高校から大学に入った頃から、さらに賢治の問題にはずっと関心をもち続けていました。花巻におりましたからね。しかし、その頃はまだ、斎藤宗次郎の名前を聞いていないんですね。大学に入ったのが昭和二五（一九五〇）年です。そろそろ学生運動が盛んになり始めた頃でもあります。私は中途半端なマルクス少年になっていたし、半分、軍国少年時代の残像を

綱澤　引きずりながら戦後は民主主義少年です。斎藤宗次郎という方は長く生きておられますね。九二か三まで生きておられた？

山折　亡くなられたのは昭和四三（一九六八）年です。九一歳ですか。

綱澤　それでは、山折さんが斎藤宗次郎と賢治の関係に気づかれたのは、直系のお孫さんにあたる人が、国際日本文化研究センターの所長室におみえになった、あの時ですか？

山折　平成元（一九八九）年に私は東京から京都に移って、それで、日文研の教員になったんですけれども、そのあと定年を迎えて、一時期、奈良の白鳳女子短期大学の立ちあげのため奈良に移り、三年そこにいて、また古巣にもどって所長になった。それが二〇〇一年です。で、その翌年に、斎藤宗次郎さんのお孫さんが突然訪ねてこられた。児玉佳與子さんです。その契機になったのが、二〇〇二年『文藝春秋』にエッセーの執筆を頼まれて書いた、「雨ニモ負ケズ斎藤宗次郎」という文章です。

実は大正一〇（一九二一）年から大正一五（一九二六）年にかけてのことですが、これは宮沢賢治が花巻農学校の教師をしていた時期です。その頃、斎藤宗次郎さんが教育界を追われた。花巻小学校の訓導をしておられたんですけれども、例の内村鑑三の影響による「非戦」問題で、それも辞めさせられて、書籍新聞取次業という仕事を始めた頃でした。その頃の二人の関係というものが、あとになって、花巻周辺でも語られるようになっていきます。

綱澤　二人の関係についての資料が出てきたということですね。

山折　そのはるか以前から斎藤宗次郎は実に丹念な「日記」をつけていました。それが昭和の戦後までずっと続けられていたのですが、その「日記」原本を私は偶然の機縁から目にすることができた。それが日文研の所長になってまもなくのことでした。それは先にもふれたのですが、実はその「日記」のほかにさらに、ご自分の履歴を簡単にまとめた「自叙伝」が書き残されていた。著者はそれを「二荊自叙伝」と称していました。それを探索し調査して、コピーしていたのが、実践女子大学の国文科の先生だった栗原敦さんです。斎藤宗次郎の日記の中に賢治関係のことがたくさん書かれていることに注目し、その事実を発見して論文にされていました。それを実践女子大学の紀要に「周辺資料」として紹介されていたんです。そんなことがあって、どうも賢治の仕事、著作のうえに、この斎藤宗次郎という人物が大きな影響を与えているらしいということが、だんだん言われるようになりました。そのことを学会に対して発表し、その重要性を指摘する口火を切ったのが栗原さんです。

私はそういうことにも刺激を受けて、関連する書物を読んだりして、栗原さんからいただいた知識・情報をもとに、ともかくできるだけ多くの人の目と耳に届けようと、そういう気持ちで、ちょうど『文藝春秋』から何か書けよと言われていたときでしたので、この問題を取り上げてみたんです。編集部がしゃれたタイトルをつけました。「雨ニモ負ケズ斎藤宗次郎」と。それをご親族の方が見つけたんですね。のちに同志社女子大学の学長になる児玉実英さんという方がいて、その方の奥さんが斎藤宗次郎のお孫さんの佳與子さん。結婚して児玉佳與子さんになってらした。その方が訪ねてこられた。そのときに、実は、明治から昭和にかけて斎藤宗次郎が書いた膨大な日記が残されていて、その中に賢治関係の記事がありますよ、と教えてくださったんです。同時に斎藤宗次郎ものちに自分の日記に基づいて自伝の部分を書いていたのです。それが「二荊自叙伝」です。その日記の原本を児玉佳與子さんが国際日本文化研究センターの所長室に持ってこられた。五冊ぐらい持ってこられたかな。現物を見せていただくと、そこに賢治との交渉が詳しく書かれていた。これが発端なんです。

綱澤　なるほど。二〇〇五年に岩波書店から出た『二荊自叙伝』上・下巻は山折さんが編集にかかわっておられますね。そういうめぐり合わせがありましたか。ところで、賢治の話が相当出てくるんですか。

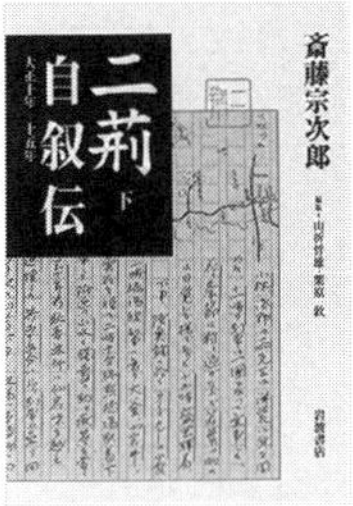

山折　出てきますね。ある年は、「春と修羅」の初稿が出たとき、そのゲラを真っ先に見せたのが斎藤宗次郎だということが書かれていました。

綱澤　新聞配達をしていた宗次郎が終着にしていたのが、花巻農学校だったらしいですね。

山折　最初は必ずしも、最終のポイントだったとは思いません。賢治の活動を色々知っていくなかで、例えば、学生たちの創作劇やクラシックのコンサートに斎藤さんを招くようになったり、だんだん親しくなった。そうすると、そのために農学校を訪れるのを一番最後にする。そういうことではなかったかと思います。

綱澤　ところで、斎藤宗次郎は何で生計を立てていたのでしょう。新聞配達と取次のようなことだけでしょうか。

山折　花巻時代はね、それで食べてたんですね。もう一つは、園芸。農業に関心がある方だったので、イチゴの栽培とか、その前にトマトもやっていました。

綱澤　イチゴはすごく美味しかったらしいですね。それに宗次郎はイチゴの苗を二百本寄付していますね、賢治のいる農学校に。

山折　トマト、イチゴは、これは斎藤宗次郎が初めてやってたということらしい。園芸の世界にも詳しかったということでしょう。

綱澤　賢治の場合も農業というより園芸ですね。

山折　賢治ワールドというのはだいたい、園芸的な世界で語られ続けてきました。そういう点でも宗次郎は賢治の、ある意味での重要な年上の指導者、あるいは同伴者だったのじゃなかったのかなと、僕は思っているんですよ。

綱澤　賢治は、デクノボーがこの人だということをはっきり言っているわけではありませんが、宗次郎が新聞配達をしてあっちへ走り、こっちへ走りして、

山折　いろんな情景を見て、病人がいれば助けてやろう、争いがあったら、やめておけとか、そういう宗次郎の姿を賢治は見ていたはず。

その時代、つまり賢治が農学校の教師時代に、宗次郎の新聞配達の仕方というものが、当時の東京の新聞界で噂になっていた。ああ、花巻にトルストイがいるぞと。それを言いだしたのが、中村不折ですよ。

網澤　そうですか。夏目漱石の『我輩は猫である』の挿絵を描いた洋画家の。

山折　その辺の時代の雰囲気が面白い。東北の地にトルストイが出てくる、それからそういう犠牲的な精神で、変わった新聞配達をする人間が東北にいる、ということで噂になる。ここには、明治から大正にかけての日本の「近代」の、ある側面が浮き彫りになっていると思いますね。一種の理想主義、社会主義的な考え方が背景にあるかもしれませんが。キリスト教というものに対して、地元の花巻はどの程度理解していたかというと、かなり厳しかった。宗次郎は教育界ではすでに、そのキリスト教的な言動によって排除され、迫害を受けていた。花巻の子どもたちは最初、変わったはげ頭のこのキリスト教徒を、ヤソ、はげ頭、ハリツケといった言葉をつかってはやし立て、差別的な扱いをしていた……。

綱澤　でも最後は、新聞取るなら宗次郎さんだと言われるようになった。

山折　尊敬されるようになっていく。結構長い時間がかかったんだろうと思いますね。最後は花巻の人も理解して、宗次郎が東京に行くときは、あたたかく送り出しているんですよ。宗次郎は花巻の東和郡の笹間村というところの曹洞宗のお寺に生まれています。家庭の事情から、母方の斎藤家の養子になって、それで、内村鑑三に出会うわけですね。師範学校時代だと思いますけれど。

綱澤　山折さんも同じ小学校でしょ。

山折　一年だけね。

綱澤　ところで、内村鑑三は日清戦争には非常に好意をもっていて、この戦争を義戦と称していました。しかし、日露戦争になると一転して今度は幸徳秋水や堺利彦らと非戦論を説き出しました。これは、日本のナショナリズムの流

れのなかで、大方の人がそういう形になるんですが、斎藤宗次郎も、内村のいうとおりだと言って、それで誠になってしまうんですよね。

山折　そうです。東北には、かなりの内村鑑三の弟子がおいでにはなるんですが、斎藤宗次郎が鑑三の弟子のなかで、重要な弟子だったということが必ずしも知られていなかった。とくに戦後になってほとんど忘れられていたのではないでしょうか。そこへ新しい資料が出てきて、ああ、斎藤宗次郎という内村鑑三の熱心なお弟子さんがいたと認知された。そのあとになって、さらに、斎藤宗次郎は内村鑑三の非戦論に引きつけられて、小学校の生徒たちの前で非戦論を説いていたということがわかる。もし戦争するならば徴兵拒否、納税拒否もいとわないとまで言っていたということもね。

綱澤　そうそう。

山折　それはもう、キリスト教徒として断固として主張していたわけです。これはやはり、中立を前提にしているようなキリスト教会

側にとっても、目障りな存在だったんでしょう。

綱澤　それはそうでしょう。内村はもう、それはやめろと。おまえさん、馘になったら家の人も困るからやめろって説得しますよね。説得されて一応は納得するのですが、やっぱりキリスト教の本質を貫くためには譲れないということになるんでしょうか。

山折　そうですね。宗次郎は花巻で、内村鑑三につながるキリスト教徒たちの集まりを組織していました。それを何度もお世話するようになっていて、それであるとき手紙を書くんですね。自分は先生のおっしゃるように、非戦論の同じ立場で納税拒否もするし、徴兵拒否もするという覚悟でやっている、それを学校でも生徒たちにも説いていると、書き送る。そうしたら、それを見て内村鑑三は、慌てて花巻までやってくる。それは日露戦争のはじまる前の年ですよ、前夜、冬の日に。

綱澤　明治三六（一九〇三）年のことですね。

山折　そう、十二月一九日、雪の日、夜中の二時にやって来て、それで、一晩中信徒たちと語り合います。説得するわけですね、鑑三は。そんなに過激な行動に出るなと。結局、一晩語り合って、宗次郎は師の忠告に納得する。それで翌日は、信徒たちと一緒に北上川に行って、雪のまだ残っている岸辺で神に祈るんです。そのときの感動を、東京に帰ってから、宗次郎を念頭に書いた、詩にしている。その内村鑑三の詩が残っているんですよ。これがいい詩なんだな。

陸中花巻の十二月廿日

外《そと》には雪《ゆき》は二尺《しやく》余《あま》り、
寒気《かんき》は膚《はだえ》を劈《つんざ》くばかり、
北上《きたかみ》の水《みづ》は浩々《こう〳〵》と流《なが》れ、
岩手《いはて》の峰《みね》は遙々《えう〳〵》と聳《そび》ゆ、

内《うち》には同志《どうし》は四十余《あま》り、
歓喜《くわんき》は胸《むね》に溢《あふ》るゝばかり、
讃美《さんび》の歌《うた》は洋々《やう〳〵》と挙《あが》り、
感謝《かんしや》の声《こえ》は咽々《えつ〳〵》と聞《きこ》ゆ、

嗚呼《あゝ》美《うる》はしき此集合《あつまり》、
聖霊《みたま》は奥羽《あふう》の野《の》に下れり、
我儕《われら》は深雪《みゆき》の中に在て、
栄光《さかえ》の天国《みくに》に居る乎《〔か〕》と想《おも》へり、

（『内村鑑三全集12』岩波書店）

高村光太郎が、はるかのちになって書いた「雪白く積めり」。あの詩に拮抗するようなすばらしい詩だと私は思っているんです。

余談になりますが、今日この日本は「観光立国」、「観光」による経済成長を目指して夢中になっていますけれども、中国や台湾など南からの大量の観光客のなかで、その「観光」の目玉とされているのが東北・北海道の「雪」だというんです。このあいだ久しぶりに花巻温泉に行ったんですが、賢治の花巻に関心をもつお客さんは一人もいない。みんな「雪」を見に、そしてスキーを楽しむために来ている、と言っていました。

それで話をもとに戻しますと、宗次郎を説得するために花巻にやってきた

綱澤　確かめて東京に帰っています。

山折　内村にそこまで行動させるということは、宗次郎は本当の弟子だったんですね。内村は弟子を取らないという主義だったと思いましたが。

弟子を取らないわけではありませんが、未発表の「弟子を持つの不幸」という原稿を残していたんです。死後、箱の底から発見された古い原稿ですが、僕はこれを非常に重要な文章だと思っています。それが死後に初めて明らかにされた。実際のところは、内村鑑三のもとには、東京の伝道活動によって、多くの、それこそエリートたち、俊秀たちが集まってきた。一高、東大にいくような秀才たちが多かった。のちの日本をリードするような連中がどんどん内村に憧れて、説得されて入門する。ところが、その弟子たちが今度はどんどん内村のもとから去っていった。信仰を受け継がずに、裏切るような行為に出る、そういうことで弟子というのはもつもんじゃない、ということを、自己反省をこめて書いた文章ですね。これは、やはり親鸞の「弟子一人ももたずさふらふ」の思想とつながるということを、私はずっと前から考えてい

鑑三もその東北の厳しい「雪」に感動していた。時代を隔てて、なんとも面白い光景ですね。鑑三は、宗次郎が一応、自分の説得に応じたということを

るんです。

綱澤　山折さんもそういう主義ですね。

山折　いやあ……（笑）。それは親鸞の影響なんですよ。ところが内村鑑三は、小山内薫に裏切られ、それから有島武郎が自殺する。ものすごく期待していたんですが、そういう弟子たちに裏切られる。そんな経験が積み重なっていって、それで、そんな原稿を書き残すことにもなった。晩年のキリスト「再臨」問題まで考えると、それは南原、矢内原においてもあてはまる問題だったかもしれません。

綱澤　南原繁なんかも裏切りましたか……。

山折　その残された原稿のなかで内村のいうポイントは、みんなイエス・キリストその人に学ぶことよりも、各自自分の欲望を満たすために自分のところにやってくる、イエスのいう神に学ばずして、あるいはイエスその人に学ばずして、内村のところにきている、と。これは本末転倒だと。自分にはそんな弟子などというものは必要ないと言っています。すごいね、これは。

綱澤　確かにそうですね。内村の『余は如何にして基督信徒になりし乎』とか、マルティン・ルターの『キリスト者の自由』という本がありますが、日本で

山折　キリスト教を本当に理解しているという人はそうたくさんはいませんね。だいたいはキリスト教から社会主義へいきますけどね。
それで、そのときに、東北にただ一人だけ、われに学ばずしてキリストに学ぼうとしている優れたキリスト者がいる、と内村鑑三が書いているんです。それが、

綱澤　斎藤。

山折　そう。斎藤宗次郎なんですよ。彼だけは裏切らなかった。

綱澤　いや、そうかもしれない。

山折　それをずばっとそう書く内村も内村ですよね。そんな宗教者、キリスト者が、明治以降にはたしてどれだけいただろうかということになると、ほとんどいなかったのではないか。

綱澤　有名な人はいっぱいいますが。

山折　だから、それほど斎藤宗次郎を信頼していた。のちに、宗次郎は東京に出て、内村鑑三のもとで師の伝道活動に従って、最後の最後、鑑三の死の最期まで看取りの仕事に徹します。これは斎藤宗次郎だけですね。生前、岩波書店から、『内村鑑三全集』が出ていますが、その編集委員の中に、そのナンバー

ワンはやっぱり南原で、そのあと何人かずーっといて、一番最後に斎藤宗次郎の名前が出てくる、あるんですよ。

綱澤　それは、南原繁は東大の総長ですからね。

山折　ところが戦後になって出た戦後版というのがありまして。戦後版の『内村鑑三全集』、こちらは編集委員の中から落ちているんです。

綱澤　ほう。

山折　消されるんですよ。もっとも全体としてみれば、戦後における編集委員の総入れ替え、ということもあったんでしょうけれどもね……。

綱澤　そうですか。

山折　そうすると、やっぱり一高、東大エリートたちが中心になったということになる。だから、弟子を持たず、つまり、それを持つの不幸は、そんな歴史の経過をみていると、にわかに現実味を帯びてくる。斎藤宗次郎だけは例外ではなかったのかなと、僕などはあえて言いたいのですけれどね。内村門下ってのは世にあふれていますからね、今日では。

綱澤　そのなかで斎藤という人は、どういうポジションを与えられていたのか。内村の心のなかでは高く評価されていたのでしょうけれど。

山折　されていたはずです。

綱澤　だけど、門下のなかではほとんど問題にされてないんでしょうか。

山折　だんだんにそうなっていった。で、内村の元からは、一人去り、二人去りっていうことも、他面ではもう一つの実態だったんでしょう。志賀直哉すら一時的に去っていったんですからね。

綱澤　志賀直哉も……。

山折　そんな状況のなかで、内村鑑三は、昭和五（一九三〇）年に亡くなります。その最期の看取りを斎藤宗次郎がやっていたということは先に述べましたが、あんまり世に知られていないことですね。

綱澤　賢治はいろんな宗教を理解したり、共鳴したりするんですけど、宗次郎はずっとキリスト教徒として一貫しているわけですね。

山折　そこは一貫していますね。そういうことで、非常に誠実なキリスト教徒でした。ところがもう一方の賢治はどうかというと、これがまた熱心な浄土真宗信仰の家の子だった。

綱澤　あの暁烏敏を招いて、お父さんが、しょっちゅう講演会をやっていますね。

山折　暁烏敏を非常に尊敬していたわけですね。暁烏は、明治の宗教改革の思想

綱澤　的な大物といわれる清沢満之の愛弟子の一人ですが、当時、そのための結社をつくり、それを基盤に日本全国、行脚をして、講演活動を展開していました。その活動の一環として花巻にもやってきた。招いたのが賢治の父、宮沢政次郎です。

山折　賢治は子どものときからついていって、色々なことを聞いているから、浄土真宗に関心をもったということですか。

綱澤　幼児体験というのは大きいでしょうからね。賢治の基礎的な信仰、宗教経験のベースにはやはり浄土真宗があると思います。

山折　ところで、キリスト教に対する賢治の理解度というのはどの程度のものだったんでしょう。

綱澤　賢治は中学は盛岡中学校にいくわけですね。盛岡中は東北の名門中の名門です。先輩なんかに石川啄木がいるわけです。それで、ちょうどその頃の英語の教師に、あれはどっちかなあ。

山折　プロテスタントじゃないですか。

綱澤　プロテスタントの牧師が英語教師になっていて、それで、そういう縁で教会に行く。もう一つはカトリックの教会があって、そこにプジェっていう神父が来ていて、この神父の所にも通い始めているんです。それがまた、その神父がちょうどジャポニスムに関心をもっていたらしくて……。

綱澤　それはフランス人ですかな。

山折　フランス人です。

綱澤　フランスが、ジャポニスムが台頭する一つの拠点の国でもあったわけですね。それで、ちょうど賢治の家の蔵の中に質流れの江戸時代の浮世絵や春画があった。おそらくは賢治自身の関心もあったんだろうと思いますね。とくに春画はコレクションを作っていました。自分なりのコレクションです。それを親しい友人とか、教師、まあ農学校の教師になってから、教員室なんかで見せるというようなことをしたんですね。農学校では廊下に西洋の裸婦の複製品を掲げたりもした。しかし、生徒たちが来て、好奇心からはやし立てるというのを見て激怒したりしている。そんな目で見ちゃいかんよと。見ちゃいかんよと言っても、それは青春の欲望を止めるわけにはいかない（笑）。

山折　（笑）。

綱澤　だから、カトリックでもプロテスタントでもどっちでもいいんですね、賢治は。

山折　要するに、ヨーロッパの文化にふれたいという気持ちが、まず先にあったのでしょう。

綱澤　そういうことでしょうね。それで浄土真宗でもいいし、法華経でもいい。最終的には法華経にいくのでしょうけど。多重性というか、アニミズムのようなものですね、賢治の根本にあるものは。

山折　結局、私もそう思うようになったのですが、幼児体験としては浄土真宗の土壌のなかで育っている。宗祖・親鸞信仰の門ですね。やがて中学校に入って、キリスト教文化に近づいていく。禅宗などにも関心があったようで、確か、そのお寺に下宿までしている。それから、盛岡中学から盛岡高等農林にかけて、今度は島地大等という人の法華経の解説書を読んで、それに魅かれていきます。それで、講座なんかを聞きに行くわけです。大等は、明治の仏教近代化の先頭を切った長州出身の島地黙雷という人の養子になって、黙雷亡きあと、盛岡の願教寺に入りましたが、大等にも男の子がいなかった。願教寺は東北きっての名刹です。それで養子をとって跡を継いでいます。その願教寺の講座で、黙雷以来の仏教近代化の動きにふれながら、大等からは法華経の教えやその宇宙観を学んでいく。この線でしだいに、日蓮仏教の世界を賢治はさらに深く知るようになっていくわけですね。そうして、高等農林の終わり頃になって東京に出ていって、田中智学に出会うんです。

綱澤　国柱会ですね。

山折　そう。国柱会の世界にふれるわけです。そういうなかで、一方では、花巻農学校に勤めて、斎藤宗次郎という人物との出会いがある。誠実なキリスト教徒ですから、その仏教批判を聞く機会も多くなったでしょう。それを賢治はよく耳にしていただろうということですね。

綱澤　確かに賢治は、斎藤宗次郎に田中智学のことを聞いているところがありますね。

山折　やはり。

綱澤　堀尾青史編の年譜に出ているんです。

山折　そのとき、斎藤宗次郎は何と言っていますか。

綱澤　田中智学とは一度も会ったことはないので、世評を伝えたと言っています。ところが暁烏敏に対しては、斎藤宗次郎は厳しい批判をしているんです。

山折　というのはあの頃、暁烏は、女性問題でも天下に名を轟かせていた。妻妾同居をしていると、暁烏敏は。要するに、言ってることとやってることが違う

綱澤　ではないかと。

山折　暁烏さんらしいといえば、らしい。

綱澤　暁烏というのは、またこれ一種の怪物でして、斎藤宗次郎は認めていなかったようですね。背後には思想的な対立もあったような気がしますね。

山折　いろんなことを考えてみますと、賢治は斎藤宗次郎を尊敬し、崇拝し、それでもってデクノボーのモデルにしたということでしょうか。

綱澤　デクノボー論については、今はちょっと違う意見をもっているんです。平成一四（二〇〇二）年に斎藤宗次郎のことをを世の中にもっと知ってもらおうと思って『文藝春秋』に「雨ニモ負ケズ斎藤宗次郎」を書いたことは前にも言いましたが、そのときは、「雨ニモマケズ」に出てくるデクノボーのモデルかもしれないと思っていた。少なくともそれに近い存在と考えていました。そうも書いている。でも、それは私が初めて言ったことではなくて、もういろんな人が言っていましたね。親族の中でも山本泰次郎という人は、斎藤宗次郎の娘さんのお婿さんになった人です。そして、同時に、内村鑑三の熱心な信徒だった。無教会のね。

山折　色々なものの編集をその人がやっていますね。

山折　そうですね。この方は非常に優秀な人だったと思います。宗次郎の「日記」や「二荊自叙伝」なんかも読み込んでいたと思います。その山本泰次郎さんが、著作の中で書いています。僕はそれを読んで、当時はその影響も受けていた。それで確かにそのモデルの線があるなと。賢治と宗次郎の交友を「二荊自叙伝」の中からみると、やはりそれだけの影響があるということがよくわかるんですね。なぜならば、賢治が最初に『春と修羅』を出版するとき、そのゲラを最初に見せたのが斎藤さん。しかもその中の、最初のゲラを一ページから読んでいったわけじゃない。最初に開けて見せたところが「永訣の朝」。

綱澤　「永訣の朝」に感激したと言っていますね。

山折　それを見せられて感激するわけです、斎藤宗次郎は。それで、家に帰ってきて斎藤自身も詩を書いている。その場面が出てきます、「二荊自叙伝」の中に。その感動がいかに大きいものだったかということが、その詩のタイトルにも現れています。「二青年の対話」と書いてある。一人は若き賢治、もう一人が「老青年」、と自分のことを言っているわけです。

長いので、一部だけ引いておきます。

目の届き得る限りを詩化した
耳の達し得る限りを詩化した
脳の手繰り得る限りを美想化した
黙するものは叫ぶ
眠るものは歌う
死せるものは踊る
予が其うちの二、三を捕えて詩人の想を探る間
青年は沈黙を守って火箸を弄《もてあそ》びながら
我に同情する者が一人でもあらば
我が世界は二倍の広さとなるといった様な面持を以て
下を見たり上を見たりして居た
青年は不図《ふと》思い付いた様に
卓上の原稿の半ば頃を開いて予の膝に托す
軽き一言はこれであった
「これは私の妹の死の日を詠んだもの」
ア、死に日を詠んだものか

予は心臓の奥の轟きを覚えた
何を休めても見ましょうと手に執れば
あの頃の彼女を想像せる姿
校門に進む若き女教師としての姿
慰安を慕う彼女の心
癒えんものなら癒ゆる様にと酸素を吸入する面影
そして作者の妹を愛《いつく》しむ優しき心
霙《みぞれ》振る朝であったと詠み始むる前に
予の心には色々の光景は浮び出でゝ
小さきながら予の同情をも枕頭の薬餌に加えよ
その声さえ発せられた
青年の掻き集めし一椀の雪
これが兄妹の手と手の間を伝うて
切なる愛情の交換ともなった
病苦を募らす熱の駆逐ともなった
白光の雪！

（斎藤宗次郎『二荊自叙伝 上』 岩波書店 二〇〇五年 四〇〇頁）

綱澤 この二人の青年の間には、二〇歳の年の差があるんですね。

山折 内村鑑三はさらに三〇歳ぐらい上でしょう。

賢治が二五歳、斎藤宗次郎は四五歳、内村鑑三は六一歳のときですから、賢治と内村の年齢差は三六年です。だから三世代ですね。祖父、父親、子どもという関係になるんですよね。

綱澤 そうすると山折さんは、デクノボーを構築したのは、どういうふうにお考えなんですか。

山折 「春と修羅」の段階は賢治がまだ若い頃の話です。デクノボーというのは、賢治がだんだん年齢を加えていって、それで、とくに「なめとこ山の熊」、それから、

綱澤 「よだかの星」。

山折 そう、「よだかの星」。これらの世界はいったい何かというと、人間の命と動物の命と、同じだと、食物連鎖の関係というように言ってもいい、そんな思想がだんだん深まっていった。それは狩猟民感覚と言ってもいいようなも

綱澤　の、人間が一方的に動物を殺して食べていて、それが正当化されるのか、という疑問が浮上してくる。

山折　そうですね。私には、この「よだかの星」は三つのことを教えているように思われます。一つは容姿についてのいわれなき差別の問題。二つ目は「市蔵」という名前にしろという、日本が植民地政策のときにやった姓名を日本名に改めさせるという差別。そして、もう一つは、そのいじめられているよだかも生きるために羽虫やかぶと虫を殺して食べるという弱肉強食の世界。

綱澤　だから最後になってくると、「なめとこ山の熊」で、おまえはなと、熊に向かって話しかける。今度生まれるときは、熊なんかに生まれないように生まれてこいよと。俺だって、おまえを殺さなきゃ食っていけないんだよと。

山折　猟師なんかになるんじゃなかった、とね。

綱澤　だから、死んだときは俺は自分の体を、おまえたちにやる、食ってもらおうと思っている、と最後の言葉が出てくる。

山折　そう。そうすると、イヨマンテをやるわけですよ、熊が人間を天に送るイヨマンテです。熊たちが厳粛なセレモニーをやるわけですね。

綱澤　そう見ていくと、「命」というのは人間と動物との間に軽重はないんだという考え方になっているわけです、賢治は。それでは、動物の場合はそうであるとしても、植物の場合はどうか。植物を食べ、野菜を食べることなしに、人間は生をつないでいくことはできない。ここでやはり、賢治はもう一つのジレンマにぶつかる。それで、自分を責めて、責めていって、ベジタリアンになる道をみつける、そしてそれを実践する。ベジタリアンだって、植物の命は食わしてもらっている。だから賢治がこのベジタリアンになっても、どうも彼の苦悩というか、根源的なジレンマは解決されないことにも気づいている、気づいていく。どこまでいっても「命」を奪うことなしに、人間は、つまり賢治は生きていけない……。奪わなければ生きていけない。神経衰弱寸前のところまで追いこまれていく。いやもう神経衰弱の真ん中で溺れている。「グスコーブドリの伝記」の最後の、ああいう犠牲の問題がそこに出てくるわけです。結局は、「命」をどう考えるか、とらえるかという根源的な問題にぶつかる。それをつきつめていけば、「よだかの星」になる以外はない。それはもう、食べ物を食べない、口に入れない、ということになります。

綱澤　それは、もう自分が死ぬ以外にないんですよ。賢治は「よだかの星」のようだかのように、自分が生きていれば「他の命」を取って食うようになる。だから、自分は死ぬしかない、自分が死ぬことによって平和を保とうとしたんですよ。賢治は動物は一切食べなかったし、魚まで食べなかったとされていますが、実は肉食をしたことがあることを、大正十（一九二一）年八月十一日の手紙で関徳弥に告白しています。

七月の始め頃から二十五日頃へかけて一寸肉食をしたのです。それは第一は私の感情があまり冬のやうな工合になってしまって燃えるやうな生理的の衝動なんか感じないやうに思はれたので、こんな事では一人の心をも理解し兼ねると思って断然！幾片かの豚の脂、塩鱈の干物などを食べた為にそれをきっかけにして脚が悪くなったのでした。

（『宮沢賢治全集〈11〉』筑摩書房）

山折　そう。それで、賢治はだんだん人間嫌いになったのではないか、と私は思うようになった。とにかく人間であることの限界という問題がじわじわっと押し寄せてくる。その脅威を前に、自分の人生、ライフヒストリーとして、「グスコーブドリの伝記」を書いた、と。これも結局は犠牲になる話でしょう。

綱澤

自分は世の中のために、疲弊する農村を救済するために、科学的実験に参加して、その犠牲になる。犠牲になる状況を、それしか可能性は残されていないと自ら設定するわけですから。火山が爆発して、また生き返って戻ってくるようなことはありえない。そこにはキリスト教的な犠牲、あるいは仏教の菩薩行的な世界に、自分を追い込んでいくという精神が見えますが、では、そういう美しい犠牲物語の主人公になるのかというと、それは必ずしも潔しとはしないというところがあるんでしょうね。むしろ、動物との同一化ということが可能か、不可能かという、もうひとつ次元の違う問題にまでもちこんで苦しんでいる。それで、「よだかの星」になると。そうなれば最後はもう、俺はよだか（＝人間）でいることも嫌になったよ、となっていく。どこかで、そう思っていたに違いない。裏側にあるのは、人間に対する絶望感です。不信感と言ってもいい。人間としてはもう生き得ないというような状況がだんだん出てくる。それに病気が重なるわけです。それは肺結核という、当時としては不治の病です。その結果としてあの最後の手帳が作られていく……。

デクノボーというのは、人間嫌いをとことんつきつめていったときに、ふっと生まれるもののような気がします。

山折　そうではないのかというふうに、僕は最後は思うようになった。だから、『文藝春秋』に書いたときから、そのあと、自分の考えがだんだんそういうところへ変わってきています。それから栗原さんが、『二荊自叙伝』の「付『雨ニモマケズ』のモデル問題について」の中で、デクノボーのモデル探しや、モデルは斎藤宗次郎だという問題について、反論のようなことを書いてますよ。それも、もっともなところがあるんです。

綱澤　それほどストイックな賢治ですが、彼の宗教に対する寛容さというものはどう考えればいいでしょう。

山折　心の深層に横たわる信仰、信心の世界が一番の精神の奥座敷なんであって、そのうえに浄土真宗であるとか法華経であるとかキリスト教であるとか、それらの観念や信仰が乗っかっている。そんなふうに考えているんです。いわゆる多神教的な重層構造というものができあがっていて、これはもう一神教世界ではちょっとありえないことですね。一神教的な世界ではそういう古代的なもの、原始的なものは消却されていて、次第に克服されていっている、否定されていくわけですね。しかし、この日本列島ではそうはならなかった。むしろ重層的に相互に包摂し、包摂される関係になっていった。そういう傾向が強い。それは日本列島だけの話ではない、もしかすると非常に広範な、地球上のさまざまな民族に伝えられていっている可能性もある。むしろ、――包摂し包摂される――そういう文化を守っていく、そういう多層性、多様性を保守する、それはそれで、もう一つの普遍的な性格であると私は思っています。

綱澤　そうすると、デクノボーのモデルが斎藤宗次郎というのは、必ずしも直結しないということでしょうか。影響は与えているのではないですか、それでも。

山折　そこから、生き方の問題が出てくるのではないかということです。生活の仕方、暮らし方、とくに生き方ですね。言ってみれば、積極的な生き方とともに、ネガティブな生き方、遁世的、隠棲的な生き方などですね。この隠棲的な生き方というのが、この国では長い伝統があって、隠者の系譜というのか、世界でも珍しいほど多彩な系譜を生み出していった。デクノボーというのは、その一つの細い流れというか、清流でもあったと思うんですね。「荘子」に出てくる、あの「木鶏」ですね。「でく（木偶）」の「ニワトリ」です。デクのように、身動きひとつしない最強のニワトリのことを比喩的に言っている。戦前の双葉山が六十九連勝のあと安藝ノ海に敗れたとき、「われいまだ木鶏たらず」と言ったという、デクのニワトリ……。そういう点ではモデルと言っていいとも、一方では思ってはいるのです。

だからモデル説を完全に否定する必要はないわけで、やはり賢治は斎藤の生き方からの衝撃も受けていたと思いますよ。とはいっても、ここは非常に難しいところで、栗原さんは生き方の上で最終的に求めたものが一致するかしないかで、モデルになるかならないか分かれると厳密に言うわけです。宗次郎は最後は花巻の人に認められて、讃えられて見送られているわけですが、賢治は必ずしもそうではなかった。むしろ賢治の生き方は宗次郎に比べてわかりにくかったのではないでしょうか。

綱澤　斎藤宗次郎はキリスト教に生きた人で、内村鑑三を絶対的に信じた人ですから、賢治とはかなり次元の違うところで生きていたと思いますが、しかし賢治を語るうえで、はずしてはならない人ですね。

山折　一つは内村鑑三と斎藤宗次郎の軸。この軸というのは明治近代を語るうえで非常に重要な軸になってきます。何も賢治問題だけではなく、もちろん花巻問題だけでもないのですが。ところがもう一つの軸、斎藤宗次郎と賢治の軸、これを考えると、今言ったように単なる宗教世界とは違う異質の、別の問題が出てきます。そういう意味でこの三者、内村鑑三、斎藤宗次郎、宮沢賢治を微視的に、同時に巨視的に眺める、その両方を見る、そういう観点に立つ研究がこれからは必要になるかもしれません。

綱澤　そうかもしれませんね。

山折　これは当時の、例えば東京とか近代化の進んでいる世界と、近代化の遅れている世界との関係をどう考えるか、ということにも光を投げかけるだろうと思いますね。今、ちょっと賢治研究が行き詰まっているようなところもあって、もう調べるだけ調べ、論じられるものは全部論じられてしまったというような一種徒労感のような感じがあるわけですよ。けれども、それはこれからは、賢治ワールドの新しい可能性について、斎藤宗次郎をてこに求めていく契機になるのではないかと思っています。

綱澤　これは大きな局面が開けてくるように思います。それから、山折さんが前からおっしゃっている方言と標準語の対立の世界というものを賢治の世界から理解する場合、「永訣の朝」のあの言葉、

山折　あめゆじゅとてちてけんじゃ。

綱澤　あの言葉は、方言なので消されてしまいそうな気もしますよね。

山折　だから先にも言いましたけれども、このあいだ芥川賞をとった若竹千佐子さんの『おらおらでひとりいぐも』の作品としてのその後が、これからどうなっていくのかとも連関して出てくるわけですね。大変な評判になって、五〇万部近く売れているそうですけれど、方言というものと共通語との関係について改めていろんな分野に刺激を与えてくれるように思うのですが、はたしてどうでしょうか。

綱澤　大きく言えば、日本の文化論の本質かもしれませんよ。方言をつぶしてしまうということは、日本文化を滅ぼすに等しいようなそういう面を感じますね、私は。

第三章　賢治と「農」の関係

◉「東北」という背景

縄文／『日本書紀』／蝦夷／稲作人／「原体剣舞連」／悪路王／アテルイ／定村忠士『悪路王伝説』／久慈力『宮沢賢治―世紀末を超える預言者』／坂上田村麻呂／伊能嘉矩／柳田国男『石神問答』／慈覚大師／毘沙門天信仰／『日本紀略』／沢史生『閉ざされた神々』／ヨーロッパ文明／東北の辺境性／斎藤茂吉／石川啄木／中原中也／北原白秋／室生犀星／方言／盆地／海浜／「遠野物語」の世界／グリムとアンデルセン

綱澤　宮沢賢治にとって東北とは何か。東北といえば、縄文ですが、縄文は宮沢賢治研究の一つのキーワードだろうと思います。東北という所を日本史の中で、ひとことで言い表せば、蝦夷として日の当たらない場所であり、道の奥であり、貧困であり、すべてが負の歴史を背負った所だということでしょうか。そして、縄文の時代というのは日本史の「正史」の中に入ってきませんね。弥生からこちらが日本の「正史」であって、それ以前は「前史」として片づ

けられてしまっています。ところが、実際は東北というのは縄文時代という長い歴史をもっています。文化が栄えた地域であるにもかかわらず、なぜ「正史」の中にないのか、なぜ捨てられてしまっているのか、これが方言の問題とつながると思います。それは、東北に対する、『日本書紀』を見れば一目瞭然です。蝦夷は手ごわい。あいつらは夏は木の上に寝て、冬は穴の中に寝て、男女親子の区別もなく、毛皮を着て、血を飲み、恩は忘れるが、怨みは報いる。というむちゃくちゃなことが書いてあります。そういう日本史の東北論というものに対して、賢治はどういう位置にいたのかと思います。

西南からやって来た征服者は東北の人々に対して激しい違和感と排斥感情をもっています。文化的には優越していると思っていますが、恐怖感があるんです。この恐怖の感情は人間の指導者に向けられたものではなくて、超自然的な力をもった熊やワシやヘビなどに向けられます。そういうものを東北人の象徴として考えているといえますね。そんなことで、聖なるものと不浄なものとが共存しているような東北論を稲作人である西南の人たちはもっていました。

賢治の作品の中に、「原体剣舞連《はらたいけんばいれん》」という詩がありますが、賢治はこの詩を「種山ヶ原」という作品にも入れています。賢治がこういう類の踊りを異常に好んだということは、弟清六の発言などによっても明らかです。ちょっと、この詩を紹介しておきましょう。

原體劍舞連《はらたいけんばいれん》

（*mental sketch modified*）

dah-dah-dah-dah-dah-sko-dah-dah

こよい異装のげん月のした
鶏の黒尾を頭巾《づきん》にかざり
片刃《かたは》の太刀をひらめかす
原體《はらたい》村の舞手《おどりこ》たちよ
若やかに波だつむねを
アルペン農の辛酸《しんさん》に投げ
ふくよかにかゞやく頬を
高原の風とひかりにさゝげ

菩提樹皮《まだかわ》と縄とをまとふ
気圏の戦士わが朋たちよ
青らみわたる灝氣《かうき》をふかみ
楢と椈《ぶな》とのうれひをあつめ
蛇紋《じやもん》山地に篝《かゞり》をかかげ
ひのきの髪をうちゆすり
まるめろの匂のそらに
あたらしい星雲を燃せ

dah-dah-sko-dah-dah

肌膚《きふ》を腐植と土にけづらせ
筋骨はつめたい炭酸に粗《あら》び
月月に日光と風とを焦慮し
敬虔に年を累ねた師父たちよ
こよひ銀河と森とのまつり
准平原の天末線《てんまつせん》に
さらにも強く鼓を鳴らし

うす月の雲をどよませ
　Ho! Ho! Ho!
　むかし達谷《たった》の悪路王《あくろわう》
　まつくらくらの二里の洞《ほら》
　わたるは夢と黒夜神《こくやじん》
　首は刻まれ漬けられ
アンドロメダもかがりにゆすれ
　青い假面《めん》このこけおどし
　太刀を浴びてはいつぷかぷ
　夜風の底の蜘蛛をどり
　胃袋はいてぎつたぎた
　dah-dah-dah-dah-dah-sko-dah-dah
さらにも強く刃《やいば》を合はせ
四方《しほう》の夜《よる》の鬼神《きじん》をまねき
樹液《じゆえき》もふるふこの夜《よ》さひとよ
赤ひたたれを地にひるがえし

雹雪《ひょううん》と風とをまつれ
　dah-dah-dah-dahh
夜風《よかぜ》とどろきひのきはみだれ
月は射そそぐ銀の矢並
打つも果てるも火花のいのち
太刀の軋りの消えぬひま
　dah-dah-dah-dah-dah-sko-dah-dah
太刀は稲妻萱穂《いなづまかやほ》のさやぎ
獅子の星座に散る火の雨の
消えてあとない天《あま》のがはら
打つも果てるもひとつのいのち
　dah-dah-dah-dah-dah-sko-dah-dah

（『宮沢賢治全集〈2〉』筑摩書房）

ところで、この詩のなかに登場する「達谷の悪路王」とは誰なのか。坂上田村麻呂にしてやられた、あのアテルイか、それとも執拗にまつろわなかった者たちの首領全体をこう呼んだのか。いずれにせよ、この偉大な敗北者ともいえる者たちの情念は、賢治の肉体に浸入し、それが東北の風土と一つになり、乱舞したのであろうと思います。この「悪路王」をめぐっては、これまで色々な解釈がありますが、まとまったものとしては、定村忠士の『悪路王伝説』（日本エディタースクール出版部）などがあります。

また、久慈力は著書（『宮沢賢治―世紀末を超える預言者』新泉社）の中で、賢治はおそらく無意識のうちに、鬼として恐れられ、辱められ、殺されていった「悪路王」と共鳴しているのだと言っています。

侵略されていく過程で、苦渋の日常を強いられた東北の地と人間に、賢治はすべてを投入したかった、非稲作民のなかに流れる縄文の血を、彼は自分のものにしたかったのでしょう。それに、賢治はどうして、剣舞とか鹿《しし》踊りが好きだったんでしょう。どうして共鳴するんでしょう。稲作の豊作祈願というよりも、縄文時代の自然との一体感ではなかったかと私は思います。いずれにしろ、これは大きなテーマですよ。

山折　そうですね。それらを主題にした賢治の詩には、独特のリズム感というか躍動感がありますね。

綱澤　「原体剣舞連」には、「むかし達谷《たつた》の悪路王《あくろわう》、まつくらくらの二里の洞《ほら》、わたるは夢と黒夜神《こくやじん》、首は刻まれ漬けられ　アンドロメダもかがりにゆすれ」とか、ここには坂上田村麻呂もおり、アテルイもおり、何もかもが一緒になっているという詩ですね。しかし、賢治がどうして悪路王を知ったかということについては定説はありません。一つは悪路王という伝説から学んだか、あるいは遠野の台湾人類学で、有名な伊能嘉矩という人がいて、その伊能の悪路王研究というものを賢治がみていたかもしれないと。この伊能は柳田国男ともつながっています。明治四三（一九一〇）年に公刊された柳田の『石神問答』にも、佐々木喜善、喜田貞吉などと並んで伊能のものも収録されています。伊能から柳田へのものが一通、柳田から伊能へのものが二通。

山折　その辺のことについては、赤坂憲雄さんも言っていましたね。

綱澤　これはいわゆる権力に反対する勢力には違いない。それで、賢治がなぜそれをこの詩の中に取り込んでそれを供養しているのかと、ここが問題です。大きな岩の穴ぐらのようなものが今でもあるんですが、そこへ行ってみたいと思いますね。

山折　どこにあるんですか。

綱澤　平泉の中尊寺の近くです。

山折　平安以降、京都の王朝政権が坂上田村麻呂を大将軍に仕立てて征討軍を繰り出す、そして東北を荒らし回るわけですが、そのあと、今度はその東北を鎮撫する挙に出る。東北の野蛮な地域を鎮撫するために、天台宗の慈覚大師というカリスマを送りこんで、その天台仏教の力を借りて、つまり宗教の呪験力で平定しようとする。その東北侵略と鎮撫を象徴する仏像が毘沙門天。この毘沙門天信仰は全国各地にある。軍事的平定のあとにいつも持ちだされる守護神ですね。征服地の怒りと怨みに対しては武装する仏として対抗する、という発想かもしれない。

その辺の王朝の軍隊と土着の人々との戦いのなかに登場してきたのがアテルイなんでしょう。悪路王のイメージで彩られるヒーローじゃないのかということですね。

綱澤　そういう気もしますけどね。アテルイという名前は『日本紀略』に出てき

ますが、アテルイは五百人の兵を連れて、田村麻呂に降伏してきたといわれています。田村麻呂はアテルイに対し礼を尽くし、都に連れていった。『日本紀略』によると、アテルイは野生、獣心をもった男で、奥地に放置すれば、「虎を養いて患を残す」ようなものだと、公卿たちが強力に主張し、河内の杜山でアテルイは首を刎ねられたということになっています。田村麻呂は人情の厚い武将であるかのように描かれていますが、そうではないという説もあります。例えば、このように言う人も。

勲功、昇進という権力のきざはしを登りだした人間のつねで、田村麻呂がアテルイを朝廷で見せびらかし、おのれの武勲をひけらかしたかったとしても、それは無理からぬはなしなのかも知れない。猟師の前に獲物をくわえて走り戻る犬、田村麻呂を得意にさせた心情は、そうしたものであったろう。権力に魅せられた人間は、あさましいほどに人間の心を失う。それが見抜けなかったアテルイは、余りに、余りに正直すぎた。

（『閉ざされた神々』沢史生　渓流社）

そのアテルイの存在というか、悪路王がそれだとすると、賢治はやはり東北に脈々と流れている情念のようなものを自身の血の中に宿しているような気がします。何より、彼は山が異常なほど好きでしたからね、とくに岩手山が。これは方言なんかともつながる縄文の世界だと思いますよ。賢治はそれを呼び起こそうとした。賢治はそういうものを東北の地、花巻の地でやろうとしたんだと思います。

山折　東北の、悲劇的な状況というものを映し出す鏡としては、いつもその一番の深層部分に横たわる縄文的価値観、その人間観ということが、おっしゃるとおりこれまでずいぶん語られてきました。何かのときにじわっと出てくるわけですね。それが非常に鋭い形で出てきたというか、深い形で出てきたのが賢治のメルヘンの世界であり、その詩的なイメージなのですが、やがて「東北」が開拓されて弥生的な文化が形成されていく、稲と鉄の時代ですね。稲作を通して今度は社会が新しく編成され、権力構造ができ上がっていく。

かねて私は日本列島は「三層構造」でき上がっているということを言ってきたんです。それが民族文化の特質ともなっていると考えてきました。海外なんかに出て、帰ってきて、羽田や関空近くの上空に達したときですが、三〇〇〇メートル上空から眼下を見ると、ほとんど山と森の連なりしか見えない。これはほとんど森林国家だ。山岳社会で、そしてそれをとりまく大海原……。海洋国家ではないかと思う。ところが飛行機がやがて降下していくと、今度は大平原・開拓された田園が見えてくる。縄文世界にかわって弥生的世界が現れる。農業革命以後の景観です。ところがさらに降下していくと、今度は東京や大阪などの近代的な都市が大映しになる。つまり縄文、弥生、近代の三層構造でできていると思ったんですね。

だからそのような風土で育った東北人には大なり小なり、あるいは意識するとにかかわらず、この三層の積み重なった文化層による影響を受けている。その価値観や人間観の刻印を身に帯びている。賢治も啄木も茂吉もみんなそのような受信痕のようなものがその表現活動の中に残っているし、顕著な形でその作品の中ににじみ出ているわけですね。棟方志功だって、土門拳だってみんなそうですよ。そのなかでとりわけ縄文的な痕跡というか、それがある種の「優性遺伝子」として現れている。ところがそれが京都の王朝政権や鎌倉の武士政権からすると原始の闇のなかに閉じ込められている「劣性遺伝子」のように見えていたということでしょう。

ところがこの日本列島では、そののち、この新しい弥生的価値が必ずしも古い縄文的価値を否定したり、排除したりはしなかった。むしろそれを抱え込んでいくわけですね。そしていつしか重層化していった。それで、必要に応じて、その縄文的な人間観、弥生的価値観を引き出しから選び出して、臨機に対応する。柔軟といえば柔軟、無原則といえば無原則。そういう二重性のなかの振る舞いというか……。

綱澤　それはそうですね。文化の特徴ですね。

山折　それが賢治の場合は、非常に象徴的な形で出てくるわけです。賢治は、東北随一と言ってもいいような知識人、西洋に開かれた頭脳をもっていたのですから、いち早くそれを取りこんで自分の栄養にしている、その点でもぬけめがないんですね。そうすると今度は、近代的な価値観とそれが重なっていくわけですよ。これも大きくみれば、先の三層構造になる。

綱澤　彼はチェロを弾き、ピアノを弾き、エスペラント語をやり、数学をやり、物理をやり、農業指導をやり、それはいわゆるヨーロッパ文明と縄文とが重なってしまったりして、そりゃあ、賢治は複雑な生き方をしたと思いますよ。

山折　そういう三層構造的な意識を、あるいは人間観、価値観を非常に濃厚にもっているのは、実は東北だけの問題ではないと思っています。日本列島の全体がいつの間にか、だいたいがそういう構造になっている。列島そのものがそういう三層構造でできている。ただそれが東北では東北なりの特色をもつだろうということです。その特色というのが、先ほどから話の出ている東北の「辺境性」なんですね。植民地性ということなんですね。中央は京都であって、千年の都、次は東京です。それで、その植民地でずっとあり続けて、ついに今度の東日本大震災においてそのピークに達した。福島における原発事故でした。

綱澤　あれが東北だったからいいって言うようなバカな政治家がいるのですから。あれが東京で起っていたらどうするんだろうとか。

山折　東京電力の福島原発ですね。ところが一番の被害を受けたのは福島であっ

て、東京ではない。この構造というのは坂上田村麻呂・アテルイ・悪路王の時代からすこしも変ってはいない。

綱澤　文化という面ではどうでしょうか。東北、あるいは北陸のあたりからすごい芸術家や文学者が現れてくるというのは、何か風土的なものを感じるのですが。

山折　僕はよく言うんですが、近代の日本の文学史を考えた場合、公平な目で見ても、東北には茂吉がいる、賢治がいる、啄木がいる。この三人で日本の近代文学史はほぼカバーできるんじゃないのと。この三人の詩人に匹敵するような詩人が明治以降西国地方に出ていますか。

綱澤　風土と文学の問題はもっとやらなきゃなりませんね。

山折　関西におりますかと聞くと、一瞬、しーんとしますね。

綱澤　そうでしょうね。関西人は賢すぎて詩が生まれないと言った人がいますね。

山折　時々反論は出るけど、いや、中原中也がいるよとか。その中原中也を真っ先にとりあげる人は割と多いんだけれど、僕はそういうとき、よく言うんです。それでは三人挙げましょうかと、それに匹敵する詩人を。関西からだと、やっぱり白秋でしょう、北原白秋。それから次は室生犀星じゃないですかって。ここまでいくと、僕らの世代までは佐藤春夫でしたが。それで、三人並べるんですよ。だけど中也、白秋、犀星と、茂吉、啄木、賢治と比べてごらんなさい。歴然としているじゃありませんかと、こう言うんですよね。そうすると、なぜそうなのかと、そういう東西の日本列島文化論というのをやったらどうかと、随分言ってきましたが、関西で誰もやろうとしない。

綱澤　そうでしょうね。

山折　それでは東北ではやろうとしているかというと、これも誰もどこもやらない。この三人、茂吉、啄木、賢治というのがいかに重要な、大きな存在かということを東北人自身が必ずしも認識していないのかもしれない。そこで、その三人に共通するものは何だろうといったら、その一つはやはり東北の方言なんですよ。

綱澤　方言でくくれるわけですね。

山折　だから二〇一七年は、方言が戦後見直された元年と言ってもいいぐらいの年だったということにもなる。けれどもあれだけ話題になっているのに、方言と文学の問題としては今のところ誰も取り上げていない。それで、ときどき言うんだよね、この三人を今挙げたけれども、それでは先の東北の三詩人と関西の三詩人で、決定的な違いがどういうところにあるだろうかと。いろんな見方が可能だとは思うけれども、東北の三詩人はみんな盆地に生まれている。盆地は自然が美しい。美しき山、美しき川に囲まれている。縄文的景観といってもいい。

綱澤　なるほど。

山折　ところが盆地だから、逆に社会的には閉鎖されている。閉鎖社会なんです。また、美しい自然は他面では厳しい自然の素顔を内包しています。閉鎖社会においてその厳しい自然、美しい自然の中で育った魂は、一種の、先にも言った二律背反のジレンマの中で葛藤と苦しみに苛まれている。そして、そこから詩が生まれる。詩というものはそうやって出てくるもの。ところが先ほど言った中也、白秋、犀星、それから佐藤春夫、みんな海浜でしょう。海。

綱澤　そうそう。佐藤春夫は和歌山ですからね。

山折　目の前が、海なんですよ。だから外からの文化ってのをストレートに受け入れることができた。だから開けている。だから開化している。

綱澤　なるほど。

山折　中国文明なり、ヨーロッパ文明なりをすっと受け入れたのはやっぱりこの大海原の、外に開かれた世界だったから……。盆地的空間とは対照的ですね。

他方で、「東北」の山間部、峠、盆地、これが何というか東北の後進性あるいは劣性遺伝子として縄文的な世界の中に閉じ込められてきた。

もう一つ、僕は東北の問題として考えるときは、賢治だけではなしに「遠野物語」の世界を考えますね。それと賢治ワールドとを比較してきました。そうすると、どういうことが見えてくるかというと、ちょうどこの関係が、ヨーロッパの中世から近代にかけてのグリム童話とアンデルセン童話の関係に重なってみえてくるんですね、私の仮説なんです。グリム童話が柳田国男の開拓した『遠野物語』の世界の話にあたる。その残酷な話がグリム童話のそれに対応するよう思えてくるんです。

綱澤　グリムからも学んでいるでしょう、柳田は。

山折　そうですね。そしてまた、賢治の生い立ちをみていくと、アンデルセンを読んでいるんです。

綱澤　「みにくいアヒルの子」と「よだかの星」の比較など、興味ありますね。

山折　そうそう、ヨーロッパでも中世の暗黒時代などということがいわれていました。あんまりステロタイプな言い方はしたくないのですが、そういう悲劇的な人間関係、残酷な村落関係というものから、いかにして自己救済を図るかというときに、アンデルセンはグリム的なものとは違って、そこを突き破るために「創作童話」が必要だと思った。自分で言っていますよね。グリムは伝承のなかの話が多いんですが、俺はきちんとキリスト教の考え方に基づいた創作童話を作る、そう思いついた。賢治も同じだったのではないかと思いますね。法華経という仏教に基づいた創作童話を書き始めた、と考えることができる。ちょうど対応するんですよね、そこは。

◉賢治は農本主義者か

村落共同体／縄文人の感情／「もうはたらくな」／菩薩行／松田甚次郎『土に叫ぶ』／吉田司『宮澤賢治殺人事件』／川村邦光「賢治の弟子 松田甚次郎試論─東北農民運動家の『農民劇』をめぐって」／加藤完治／「小作人になれ」／演劇／農村復興運動／ヴ・ナロードの運動／ミレー／農村回帰／橘孝三郎／愛郷塾／満蒙開拓／労働と遊び／ホイジンガ／羅須地人協会／堀尾青史『宮澤賢治年譜』／「負い目」という問題／菅谷規矩雄『宮沢賢治序説』

綱澤　東北を理解する助けとして、景行天皇のときの話を少し。景行天皇は十二代の伝説の天皇です。ヤマトタケルノミコトの父ともいわれていますが、あくまで伝説です。これが『日本書紀』では、「かの東夷は性質強暴で、陵辱も恥じず、村に長なく、かく境界を侵し争い、山には邪神、野には姦鬼がいて、往来も塞がれ、多くの人がいじめられておる。苦しめられておる。その東夷の中でも蝦夷はとくに手ごわい。男女、親子の中の区別もなく、冬は穴

に寝て夏は木に住む。毛皮を着て血を飲み、きょうだいでも疑い合う。恩は忘れるが恨みは必ず報いるという。一度も王化に従ったことがない。」これはアテルイがその代表だということになっているわけです。

そもそも農本主義というのは村落共同体を基盤にした思想ですから、賢治のなかに農本主義というものは生まれないんですよ。彼は村には住んでいましたが、農業をやったことがない。教え子には農民になれと言い、自分も実際に農民になると、次のように立派なことを言っていますね。大正一四（一九二五）年六月に、親友保阪嘉内に書き送った手紙です。

来春はわたくしも教師をやめて本統の百姓になって働らきます　いろいろな辛酸の中から青い蔬菜の毬やドロの木の閃きや何かを予期します　わたくしも盛岡の頃とはずゐぶん変ってゐます　あのころはすきとほる冷たい水精のような水の流ればかり考へてゐましたのにいまは苗代や草の生ゑた堰のうすら濁ったあたたかなたくさんの微生物のたのしく流れるそんな水に足をひたしたり腕をひたして水口を繕ったりすることをねがいます

（『宮沢賢治全集〈11〉』筑摩書房）

しかし、実際は野菜と果物を作っただけで、コメは一粒も作っていない。コメを作らなきゃ農民じゃないんですよ。だから彼は田畑より山が好きで、縄文人の感情をずっと秘めていたように思います。

いったい賢治は「農」というものをどんなふうに位置づけていたのでしょう。あれだけ農民のために尽くしているのですが、花巻の農民にとっては、賢治のやることは肥料と品種の指導で、収穫量が上がったときは賢治先生です。しかし、不作のときは、あの金持ちのどら息子が、何がわかるかと。俺たちの苦労はわかりゃしないし、農業のことでも土壌学をやっただけだと。だからわかりゃしないんだ。その賢治が俺たちの仲間だということはないと。さすがの賢治も狼狽し、一瞬たじろぐ。あまりにもひどい自分に対する疑いの目にギクリとします。敵は足下に存在していたのかもしれないと。

それから、賢治が指導し育てた稲が台風で倒れてしまった。むちゃくちゃに倒れてしまった。そしたら農民が怒るであろう。烈火のごとく怒るであろう。そういうときは次のような詩を書いています。

さあ一ぺん帰って／測候所へ電話をかけ／すっかりぬれる支度をし／頭

を堅く縛って出て／青ざめてこはばったたくさんの顔に／一人づつぶっつかって／火のついたやうにはげまして行け／どんな手段を用ゐても／弁償すると答へてあるけ

（「もうはたらくな」）

それで、豊作になったときは、抃舞《べんぶ》しても抃舞しても飽き足らないぐらいうれしいと。そういう感情もあらわにしていますが、実際は両方に揺れているんです。そして、いつも真っ暗い大きなものに僕は衝突していると。それが何であるか。それは花巻の農民であるかもしれない。花巻の農民こそが俺の敵かもしれない。そういう心の葛藤のなかで彼は農事指導、農業指導をしているわけですから、彼の農業への関わりというのは非常に宗教のにおいがする。自分で米粒一つも作らないのに稲作の指導をしているわけです。それも徹底的に指導する。それはもう宗教ではないか、ほとんど菩薩行に近いと思いますね。何の報酬もない、無報酬で、贈与ですね、本当の。こういうことが彼の魂を救うものになっているのではないかと思います。

私は、農本主義的視点からみれば、賢治は農本主義者ではないけれども、その農民の心情だけはよくくみ取っていると思いますよ。父親が農民をいじめるものだから、その贖罪として自分は農民の味方になろうとしたのだと思います。父親が死んだら全部土地は返してあげるから、お金で買うなと言っています、小作人にね。

山折　賢治の弟子の一人に農本主義者の松田甚次郎がいましたね。彼は当時、盛岡高等農林に入学するんだけれども、その先輩に宮沢賢治がいた。それが縁で卒業後、賢治のところに出入りして弟子のような形になった。後年になって彼は農村に入って、その経験から『土に叫ぶ』（羽田書店）という本を書いて、

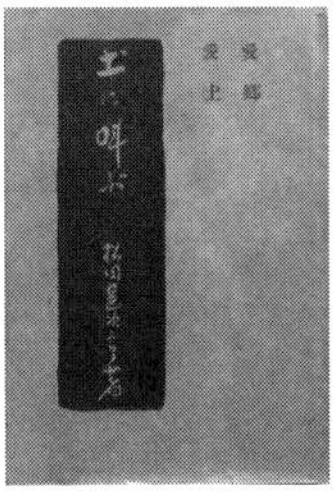

これがベストセラーになって一躍有名になる。師匠格の宮沢賢治の名作選まで出版することになった。

この辺のことは吉田司さんの『宮澤賢治殺人事件』（太田出版）にくわし

く書いてあるんだけれども、その松田甚次郎についてさらにくわしく調査して論文を書いているのが、川村邦光さんで、それが「賢治の弟子 松田甚次郎試論―東北農民運動家の『農民劇』をめぐって」というものです。川村さん本人は『宮澤賢治殺人事件』に感銘をうけて書いたと言っている。

それを読んで初めて知ったんだけれども、この松田甚次郎は賢治から遺言のような形で「二つのことを実践せよ」と言われていたというんです。一つは「小作人になれ」、もう一つが「農民劇をやれ」。この二つの遺言を甚次郎は夢中になって実践するわけですよ。

綱澤　彼は地主の子なのに、おまえは小作人になれと宮沢賢治先生に言われて、小作人になるんです。それで、おやじに叱られて。地主のぼんぼんですよ。小作人が人間として一番立派なんだと、賢治に言われて、そのとおりにしちゃったんですね。

山折　けれどもどうしてもわからないのが「小作人になれ」ということ。そのことの真意をわかってか、わからないままか、とにかくそのことを甚次郎は三十五歳まで一心になってやった。しかしこれは考えてみれば土台無理な話なんだね。けれども賢治はそのことを実践しようとしていた弟子にむかって本気で言っていたような気配ですね。

そこで川村さんは、当時の農村復興運動とかその地域の「最上」共同体とかのスローガンの問題、それから加藤完治が立ちあげた旧満州開拓移民運動などをとりあげて、それらと松田がどうかかわっていたかを詳細にあとづけています。国家主義やあの時代の農村における農本主義のさまざまな現象が全部そこに集中的に現れてくる。そんな環境のなかで「小作人になれ」とは、いったいどういうことか、ということです。

綱澤

松田甚次郎はご承知のように、明治四二（一九〇九）年に、山形県の最上郡稲舟村の大地主、松田甚五郎の長男として生まれています。二十四、五人の血縁家族と、常雇の七、八人が共に住んでいましたね。昭和元（一九二六）年に、盛岡高等農林学校農業科別科に入学しています。この翌年、花巻の賢治を友人と二人で訪ねています。昭和三（一九二八）年には、加藤完治の日本国民高等学校にも入学しています。ここで完治の指導を受け、生活のスタイルを学んでいます。

賢治との出会いは甚次郎の一生を決めてしまいます。先に山折さんがおっしゃった「小作人になれ」、と「農村劇をやれ」という二つのことです。

大地主の息子が小作人になるということは大変なことで、多くの人が反対しました。父親は熟慮の末、息子が小作人になることを許し、水利の劣悪な六反歩をくれてやったんです。甚次郎は色々なことをやりましたね。いくつかをあげておきましょう。

・自給肥料の普及、金肥を全廃
・ムラ全体での醤油、味噌づくり
・農村劇のための鳥越倶楽部の立ちあげ
・農繁期の託児所の建設
・婦人愛護運動

甚次郎は賢治の言うとおり、小作人になり、農村劇をやった。賢治は、農民にもならず、農村劇もやらない。彼は極めて無責任で身勝手でした。

山折　賢治がそんな甚次郎にむかって、なぜ「小作人になれ」と言ったのか。ここがよくわからない。単に自分の願望を言っただけとも思えない。その賢治にしたって、結局は土に叫んだだけであって、土を耕してはいないと思います。耕そうとして、逆に大地の方から拒否されてしまったと言ってもいい。これはやはり、あの革命前のロシアにおけるヴ・ナロードの運動に共通する問題と言った方がいいかもしれない。

それからもう一つ、松田甚次郎は、フランスの画家、ミレーに惚れこんでいた。これは日本人のミレー好きとも関係するんだけれども、あの時代は、岩波書店のロゴマークの『種まく人』、『落穂拾い』、『晩鐘』などといっしょに、ミレーの絵は日本の当時の読書人、知識人のあいだでも特別な絵としてもてはやされていました。現代の若冲や北斎ブームなどと好対照をなしていると思っているんですけれども、その背景はもちろん先ほどから言っている農村文化振興の運動と深いつながりがあった。それが今日の「ジャポニスム」ブームみたいなものとつながりがあるかもしれません。

私は以前フランスに行ったとき、たまたまミレーのかつての工房を訪ねたことがあります。小規模の博物館になっていましたが、そこで得た情報によると、ミレーは、全然畑を耕すことはなかったというんですね。ただミレーの絵が喚起するイメージだけがひとり歩きして、輸入されて、それが一種の思想化の洗礼をうけて「農村に入れ」「土を耕そう」となり、理念的に日本に流入してきた、そういうことを知らされた。

賢治が小作人になろう、小作人になれ、と言ったということは、ものすごく重要なメッセージだったとは思うけれども、そして松田甚次郎も、一時的にそれを夢中になって実践しようとしたけれども、結局は「土に叫んだ」だけに終わった……。

綱澤　これは矛盾といえば矛盾なんだけれども、しかしそういうジレンマを正面から受けとめて実践しようとしたところには、その思想そのものを深めていく重要な契機にもなるはずなんですね。農本主義にも色々あるだろうけれども、当時の思想としての農本主義も、青年たちのそのような理想や情熱があって初めて可能となったものだね。そのうちにどうしようもないジレンマに自覚的に耐えなければならないことになる。これはどうですか、日本のあの時代の農本主義者に共通する問題じゃないですか。

山折　知識人というのは農村回帰を盛んに言いましたよ。農への回帰、日本への回帰、土への回帰。それこそ叫んでいるだけですよ。ネコの額ほどの畑をちょっと耕してみて、これで俺は農民になったとか、農民の問題は全部わかると言っている人がいっぱいおりますよ。

綱澤　「農本主義者」というのも色々いた……。

そうですね。ただ、橘孝三郎とか加藤完治はそうじゃなかった。それから賢治の恋人といわれる保阪嘉内は結婚してから、愛郷塾や内原訓練所へ行っているんです。愛郷塾は橘孝三郎が兄弟村を作って本当に農業を始めた所です。それから内原訓練所は加藤完治の満蒙開拓のための学校ですよ。そこへ保阪が行ってますね。それでそこでいろんな話を聞いて、家へ帰って、若者やいろんな人に話しているんです。そして、そういう愛郷塾のような兄弟村を、農村共同体というようなものを本当に私は作るんだと、そして農村を改良し、産業組合を改良していこうとします。でも、賢治はそういうことはないんですよ。だから、そこは大きな違いで、保阪に法華経が浸透しないのも、土と法華経はちょっと無関係のような気がしますね。

山折　最初はそれを一致させようとしたんでしょうけれどね……。

綱澤　一致させようとしたんでしょうね。

山折　だから、あの別荘地に行って、百姓のまねごとをしながら、しかし体はだんだん弱っていく、病気になる。そういう過程で、砕石工場の、つまり新しい事業の世界に活路を見い出そうとする。しかし、あれは挫折しますね。百姓になる、という路線からだんだん逸脱し始めた、そういうことでしょうね、最後は。

綱澤　昭和四（一九二九）年に東北砕石工場主の鈴木東蔵が来訪しています。彼の依頼を受け、合成肥料の調製案や広告の案の作成を手伝っています。石灰が肥料に役立つことは高等農林時代の師、関教授の指導を受けて、賢治は知っていたんでしょうね。

山折　農業にかかわるといっても……。

綱澤　かかわってはいても、そういう形でしかなかった。

山折　実際に土を耕すっていうところまで、とてもいけない、それが負い目になっているんですね、ずっと。

綱澤　なっているんでしょうね。私なんかも農業に憧れる環境はありました。祖父が日本の職業で一番尊いのは農業だということをずっと言い続けてきたんですよ。祖父は寺子屋のようなものに行って、頼山陽の『日本外史』なんかを読んでいました。ところが、私の父親は満州へ行っちゃったんです。例の満蒙開拓ですね。

山折　今日の言葉でいえば、人口問題解決のための政策として、初めは移民の問題でもあった。それが対外膨張主義と結びつく。陸軍は北進論、海軍は南進論という、ああいう軍事的な戦略と重なって、満蒙開拓が特別の戦争協力、戦争賛美の道を準備したなんていう議論と結びつけられてしまうわけですね。しかし、これ、非常に単純に過ぎるんですね。

綱澤　そのとおりだと思います。そして、加藤完治の内原訓練所、国民高等学校というのは今はどうなっているかわかりませんが、私の父親はこの加藤完治の教育を受けて渡満しました。

山折　この辺りの話は長くなりそうなので、その前にちょっと松田甚次郎の話に戻りますか。

綱澤　甚次郎は弟子としては優秀な一人でした。賢治がいくら小作になれとか農民になれと言ったって、みんな公務員になったり、都会へ出ていって就職したりで、花巻農学校からは小作人になった者はほとんどいないんです。これは賢治の目指した農業者養成とは全然違う。その代わりというか、それでも賢治は農民の心情を、父親を反面教師として知ったと思います。質屋の店番に立ったときでも法外な金を貸しちゃっています、古い止まった時計を持ってきた人に（笑）。それで、おやじに叱られて。そんなことでは商売にならんぞって。そんなところに嫌気がさして、賢治は縄文、東北、そして方言、土着。そういうものを自分の童話の中の山男に託したのだと思います。山男が出てくる作品は、そうたくさんはありませんが、五つ六つありますからね。これをよくみますと、山男に何を期待しているかがわかります。そんなに働くことをしないんですよ、山男は。遊んでいるんです、いつも。空の雲を見たり、風に揺れるカタクリの花を見たりして、腹が減ったら山鳥を捕まえて食べたり。いわゆる労働というもの、近代の産業の労働というものに価値を見い出してない。それから、遊びというものを人間の生活のなかで大切な要因として入れていますね。生活自体が働くことじゃなくて、遊びだというようなところがある。ホイジンガという人が「遊ぶ」ということが精神的な価値で最高のものだということを言っています。遊びのなかに学問もあり、スポーツもありますが、本当はそういう遊びの精神というものを賢治はやりたかった。それで、それを山男にさせているんです。

そういうふうにみてくると、賢治の農民への同情というものは、いわゆる父親に対する反発というか、そういうものが根底にありすぎた結果であり、本当は賢治は山の中で生活したかったんじゃないかと。こういうふうに私は思っています。

山折　盛岡高等農林を出て花巻へ帰ってきて、だんだん体がおかしくなり、健康を害するようになった。それでも東京へ出て日蓮宗の田中智学のもとへ、国柱会に入って活動する。ところがその間に妹トシが花巻に結核で帰って死を迎える。その看護のため、また帰郷を余儀なくされている。そういうなかで農学校の教師をやっていますが、これが三年……。

綱澤　四年でしたね。

山折　そのあと、今度は羅須地人協会の仕事に転ずる。それで畑作りを始めるのだけれど、もう体がほぼいうことをきかなくなっている状況ですね。だけど、ふりかえってみると、それまでに文化講座を開いたり、演劇をやったり、音楽会を開いたり、農村の青年たちを呼んで教師としての役割を果たそうとしていた。それで知られているように、亡くなる前々日、農民が一人やって来た。

綱澤　相談にやって来たんですね。

山折　その話を正座をしてじっと聞いている、非常に印象的な場面が出てくる。堀尾青史さんが年譜にも書かれていますね。あれは事実だったんでしょうね。

綱澤　事実でしょう。寒いときに、秋祭りの翌日か何かですよ。堀尾さんの『宮澤賢治年譜』から引いておきましょうか。

夜七時ころ、農家の人が肥料のことで相談にきた。どこの人か家の者にはわからなかったが、とにかく来客の旨を通じると、「そういう用ならぜひあわなくては」といい、衣服を改めて二階からおりていった。玄関の板の間に正座し、その人のまわりくどい話をていねいに聞いていた。家人はみないらいらし、早く切りあげればよいのにと焦ったがなかなか話は終らず、政次郎は憤りの色をあらわし、イチははらはらして落ちつかなかった。話はおよそ一時間ばかりのことであったが何時間にも思われるほど長く感じられ、その人が帰るといそいで賢治を二階へ抱えあげた。

（『宮澤賢治年譜』堀尾青史編 筑摩書房）

山折　ちゃんとアドバイスもして、そして死んでいくわけですから、最期は。そこは宗教家であり教師として精一杯生きようとしていたのでしょうね。農民と同一化するところまではとてもいけなかったとしても……。

フランス近代の画家、「晩鐘」のミレーと同じようにみるか。それとも近代日本の知識人にむける「田園派」、その農本主義者の世界に近いとみるか、それとは違うか……。

綱澤　ちょっと違いますが、賢治は本当に農民を大事にしました。彼が農業に献身的に努力する、農民のために全身全霊を傾けるという姿勢は菩薩のような気がしますね。賢治にとっては、何も農業でなくてもよかった。しかし、手っ取り早い、賢治の近くに貧困の農村というものがあった。それを救済するということで自分の魂が救済される。それに父親は農民からあくどく金をむしり取って太っていったという賢治の認識、それに対する贖罪もあったと思います。

山折　賢治が本当に農のことを知っていたかというと、おっしゃるとおり知っていなかったし、実践しようと思いながら実践できなかった。農業指導をやっても結果として農民を裏切るような事態になることが多かった。そのための罪の意識というか、罪業意識に生涯責められた人間だと思いますね。だから、法華経にのめり込んでいったのは、そういう懺悔の気持ち、贖罪の気持ちと非常に深い関係があるのだろうと想像しています。ただ、そのうえで、賢治が東北の生まれで、その地に育って、とりわけそのなかで、その人生の独自性というか、そこに特色を見い出すとすれば、縄文文化を全身に浴びて育っていたということ、それを別の言葉でいえば、一種の狩猟民的な感覚、これが一番のベースにあったということですね。現に賢治はよく一人で山に登って野宿をしているんです。

綱澤　そうです。岩手山ですね。

山折　ただそういう東北という背景をおいておくとしても、先ほど言いました「負い目」という問題、資産家の家庭に生まれたことが、社会主義思想に目を向けて新しい実践に踏みだすとき、そこにはやはり、それにかかわる一種の罪障感がはりついていた。罪ほろぼしの観念ですが、そのため、その後に生ずるさまざまな迫害や抑圧をむしろ受難として受け止め、積極的にそこに身をさらそうとする。そういう心理的な屈折回路ができあがっていたとも思うわけです。

そこで宗教的内省と結びつく。その後に起こる知識人たちのあいだで経験される「転向」という問題も、そこにかかわるような気がする。

だから負い目の問題というのは根が深い。これまでの議論でいうと農本主義の問題はこの負い目、罪障感、そして宗教の世界における矛盾相克の緊張ともかかわってくる、そういうことになると思いますね。そしてそのすべての局面に賢治の生き方、死に方が重なってみえてくるわけです。

綱澤　賢治は心情的には農本主義に近かったといえると思いますが、賢治が労農派の影響を全然受けていなかったとしたら、満蒙開拓などということに賛成していると思います。菅谷規矩雄はこんなふうに言っています。

田中智学の運動（布教）の構想のなかで、〈農〉の存在は、ゆいいつ〈殖民〉（海外進出）の手段としての位置を占めたに過ぎないと極論しうる。そして宮沢にとっても、〈農〉の存在は、〈土着〉においてではなく、むしろ〈殖民〉として対象化するいがいにないものだった。現実の岩手県花巻周辺の農村は、宮沢にとっては『満蒙開拓』や『南米移民』とほとんど同位的な〈新天地〉としてみいだされた未開地にひとしかった。

（『宮沢賢治序説』大和書房）

田中智学の思想、運動はきわめて都市的でした。彼の行動を支援したのが商工業者でしたが、賢治がそのことを見抜いていたかどうかですね。

◉山男・縄文・童子・鬼

「なめとこ山の熊」／イヨマンテ／山人／宇宙語／ポール・ラファルグ『怠ける権利』／梅棹忠夫『わたしの生きがい論 ― 人生に目的があるか』／「祭りの晩」／社会契約論／柳田国男『妖怪談義』／牛飼童子／童心／「童心に帰る」／李卓吾『焚書』／吉田松陰／吉備津神社／温羅／藤井駿『吉備津神社』／桃太郎／酒呑童子／源頼光／中也の詩の中の風／風が吹いて始まり風が吹いて終わる／青森挽歌／アニミズム／万物生命観／神隠し／寒戸の婆／黒船の来航

山折　賢治は何度も岩手山に登っていますが、その、山で野宿をするって怖いことですよ。野獣がいつ襲ってくるかわからない。野獣に囲まれて眠るということですからね、それは。

綱澤　ところが、あんまり怖くないいんじゃないですか、賢治は。

山折　本当の狩猟民ならね、おそらく怖くない……。その感覚を生得的に大量にもっていたとすれば、賢治は怖くなかったかもしれない。その辺の微妙な感覚が浮き上って見えている作品が、よくいわれますが、「なめとこ山の熊」ですね。熊を捕らなくては生きていけない猟師の話です。小十郎という猟師がずっと熊の犠牲において自分の生計を立てている。そう思っている。最後は「熊よ、おまえたちに食われて死んでもいい」というところまで気持ちが高まっていく。そういう意味のせりふを残して、死ぬのか、殺されるのか、非常に微妙な死に方をする。

綱澤

そのあとが、イヨマンテ。小十郎がやぐらの上にいて、熊が周りを囲んでいる。これは人間が熊の霊を神に送るセレモニーで、アイヌのイヨマンテです。それを賢治は逆さまに書いているんですね。星の輝く、雪の山で熊たちが人間の霊魂を天国に送っている。賢治は山人なんですよ。そして、また山人の問題を考えるとき、山男というものを賢治がどういうふうに描いているかということに触れながら縄文の問題にも接近してみたいと思います。

賢治は動植物に人間と同じ生命を認めるわけですが、「なめとこ山の熊」という作品も動物と人間が一体となっています。熊捕りの名人小十郎が熊を撃とうとしたら、もう二年だけ待ってくれと、俺にはやることがあるんで。

そして二年経ったら小十郎の家の前で口から血を吐いて死んでくれた。そしてそのあと、今度は熊が襲いかかったときに、小十郎は死んでやった。そうして、最後は熊が天国へ送ってくれる。そういう美しい世界、熊と人間が逆さまになった世界を、賢治はなぜ描いたのかということを思います。賢治は山男です。だから、熊と出会おうと、何をしようと、そんなに怖いとは思わないんですね。少なくともわれわれが恐怖を感じるようなものではないように思いますね。賢治が動物と話ができたという仮定から遡っていきますと、太古の昔、人類も他の生き物もすべて共通語というものをもっていたような気がします。それはアメーバの頃、誰にでも何者にでも通用するような言葉があったんじゃないかと。言葉といわなくても音声が。それを聞き取った。賢治は鹿と話ができたんですからね、熊とも。だから、ああいう童話が書けるわけでしょう。

宗左近だったと思いますが、賢治の世界には「宇宙語」があると言い、あらゆる生物が原初の世界で用いていた「宇宙語」がよみがえり、それが彼の童話の言葉となって噴出したのではないかと言っています。縄文時代においては言葉には方言も標準語もありませんから、そこで通用するものは全宇宙の言葉ですよ。そういうもののなかで賢治は生きようとしたか、生きたかったか。自分は山男になってですね、山男の特徴として生産労働というのを一切しないでね。

山折　捕獲労働だね、いや、捕獲行動というべきかな……。

綱澤　そうです。狩猟ですから、エサを自分の生命と家族の生命を維持するためにのみいただくということです。自然界のものをいただくということです。稲を作ったり、野菜を作ったりという生産活動は一切しない。生産活動というものに価値があるということを言いだしたのは近代からですよ。近代産業というものが労働に価値を見い出して最高の価値を与えたんですね。経済的価値だけじゃなくて、文化的、総合的価値を労働というものに与えたんですね。しかし、労働なんていうものは何でもないものです。人間、食うために少しだけ働けばよいわけで、それ以上に働く必要はないのです。それを私は何度も書きましたが、マルクスの娘婿であるポール・ラファルグという人が、今、労働者は狂気に包まれている。その狂気とは何か。それは労働が最高の価値だと思っていることだと。労働に価値があるということを幻想として抱いているだけだと。次に少し引用しますと、こういうことを言っています。

資本主義文明が支配する国々の労働者階級は、いまや一種奇妙な狂気にとりつかれている。……（中略）……その狂気とは、労働への愛、すなわち各人およびその子孫の活力を枯渇に追いこむ労働に対する命がけの情熱である。

（『怠ける権利』平凡社）

これほどばかだと、人間は。労働というものがどれほど人間の本質を傷つけ、考える力を弱めているかということに気がつかないのだと。これは資本家がそういうふうにしてしまうんだと。それはもう、マルクスの本を読めば一目瞭然ですが、労働になぜ価値があるようになっているのかと――。そんなものに価値はありはしないんです、本当は。だけど、資本主義経済のなかでは、労働力というのは商品として価値があるということになっているわけです。これが近代以降、労働が神聖なものである、それに対して遊びとか余暇というのは罪悪となった。ところで、民博に梅棹という人がおられましたよね。

山折　ああ、梅棹忠夫さん。

綱澤　彼が『わたしの生きがい論―人生に目的があるか』という本を書かれていますが、その中に、「未来社会と生きがい」という講演が収録されています。君らは働くということがそんなにうれしいかと。働くということに生きがいを見い出したのは君らの生きがいじゃあないんだ。集団とか組織とかが生きがいの大量生産をやって、構成員個人に配給しているのだと。おまえさんたちはそれがわからずに自分の価値だと思って錯覚しているんだ。生きがいなど本気になって考えると危険だ。そして老荘の思想をもってきて、働かないことが一番いいことだというような話をされています。梅棹さんの言はこうです。

役にたたないことこそ一番いい生き方なんだ。役にたつことをいかに拒否していくか、ということですね。これは、わたしはたいへんえらい思想だとおもう。論理的にこれをやぶろうとおもっても、ちょっと歯がたたないですね。人類が生んだ最高の知恵といいますか、二千年も昔に、えらいことをいった人があるものだとおもいます。

（『わたしの生きがい論―人生に目的があるか』講談社）

私ら、むちゃくちゃに働いてきましたけども、働かなくても生きていければ働くことはないんですよ。もっと違うものに生きがいを見い出していけばいいわけで。

ということで、まず山男は働かない。腹が減ったら獲物を探す。そこにあるもの、イモだとか、そういうものを探して食べるだけだということで、それ以上のものを欲しがらないし、それで十分だと思っている。日頃は山の頂に寝転んで雲の行方を追ったり、カタクリの花が風にそよぐのを見て、いいなあって言っているんですよ。これは山男が経済的身体というものをもち合わせていないということです。惜しげもなく自分の体をすべて自然に預けてしまっている。だから、逆に文明社会では非常に生きづらいんですね、山男は。時々人間の社会に下りて来ますが、怖くて怖くてしょうがない。「祭の晩」という童話の中に、山男がお祭りの日に山から下りてきて、何だろうと興味をもつんですね、騒いでいるから。人間というもののお祭りです。そのお祭りで団子をタダだと思って食べてしまう。少しでも食ってしまったら無銭飲食ですよ。そうしたら、そこのおやじにどつかれてむちゃくちゃにされたときに、ある少年が団子代を払ってくれた、その山男の分をね。お金を払ってやったら、山男は疾風のように去っていって、そして去っていったと思ったら、黒い雲が出て大風が吹いて、雨が降って、その団子屋の家が吹き飛んでしまって、あたりが真っ暗になった。次の日、山男はその少年の家に一年中食べても食べきれないような栗を持ってきてくれた。それから、もう一週間経ったら、今度は薪を、どんなに焚いても焚ききれないぐらいの薪を持ってきてくれた。これは、山男が社会契約のなかで生きていないということのお話です。これだけやってもらったから、これだけのものを払おうとか、そういうことではなくて、精いっぱいのお返しをする。これが山男として最善の、最高のお礼だと。こういうものが人間社会にありますか。すべて契約で、お歳暮とかお中元を配って、これだけ世話になっているからこれだ、というような、そういう社会ではないんですね。

社会契約論がない世界、山男にはそれが一番幸せなんです、本来は。だけど、人間は文明を作った。なぜ作ったかというと、本能が死んじゃったからです。本能が生きていれば必要以上のものはとらない。必要以上の子どももも作らない。戦争もしない。何もしないんです。ところが本能が死んでしまったから、文明を作って何とかそれをカバーして補っていこうとして、次々に文明が広がっていったんですよ。最終的にはそれが戦争であり、原爆である。

今、生産活動をしないということを挙げましたが、山男というのは幼児性を多分にもっているんです。子ども、童心ですよ。幼児というのは純粋無垢で神聖な存在として扱われます。村社会では経験がモノをいうから、ふつう幼児なんかはあまり役に立たないんですが、長老が幼児に対しての尊敬を表します。幼児の言動に耳を傾けて頭を下げる。これは幼児が祭神の子ども、お祭りの神だからです。柳田国男も『妖怪談義』でいっていますが、若い力というものは、これは長老といえどもなめてかかれない。その新鮮さというか、勢いというか、これは若い木の芽のようにすごい力をもっているのだと。これは神だというわけですよ。それから、中世に、牛飼童子という職業がありました。暴れる牛の鼻を幼児が持つと静かになる。大人でも牛飼童子がいまして、それは髪の毛をおかっぱのようにして仕事に従事しています。

中国に、「童心」という言葉があります。テロリストがよく使った「童心に帰る」という言葉、童心に帰って権力をぶっつぶす。こういう純粋無垢、向こう見ずの何も知らないような幼児こそが神に近い存在であるといっています。

山折　それは中国の誰の言葉ですか？

綱澤　誰でしたかな。童心説を説いた人がいます。

山折　ああ、それ、知らなかったなあ。

綱澤　そうそう、明末中国の李卓吾でした。彼の『焚書』です。仮偽なく純粋で真。童心はこころのはじめで、童子は人のはじめ。

山折　あ、李卓吾ですか。李卓吾、儒者ですね。

綱澤　吉田松陰は晩年にこの李卓吾に心酔していきますが、松陰の場合、この童心説が狂の道につながったと思います。松陰は安政六年正月二三日以後、入江杉蔵宛に次のような書簡を送っています。

頃ろ李卓吾の文をよむ、面白き事沢山ある中に童心説甚だ妙。童心は真心なり。……（中略）……仮人を以て、仮言を言ひ、仮事を事とし、仮文を文とす。（政府の諸公、世の中の忠義を唱ふる人々皆是なり。）

（『吉田松陰全集〈第8巻〉』大和書房）

山折　日本は民間の伝承の中、昔話の中にも無数の童子の話がありますね。

綱澤　そうですね。子どもの力というものはすごいですね。だから、神社にでも七歳までの子どもは勝手に入って遊んだって構わんわけです、それは神だから、神の子だから。なぜおかっぱの髪型にするかといえば、頭の髪と神様の神とが一緒になっているんですね。

山折　それは金太郎ですね。

綱澤　そうそう、金太郎です。金時ですね。金時も山男です。

山折　山姥と一緒ですか。

綱澤　山姥と金太郎は一緒に住んでいました。この伝説は足柄山のみならず、全国各地に広がっています。そういう純粋性というものをもっているがゆえに、大人社会では生きていけない。そういう幼児というものが、本当はものすごい大事な存在であり、力をもっているということ、これは山男が象徴しています。賢治はそういう世界を描いたのではないでしょうか。

山折　賢治の童話に「雁の童子」という話がありますね。西域地方が舞台になっている。あれも仏、菩薩の化身ですね。

綱澤　彼の童話の主人公はほとんど夭折するでしょ。子どもが子どものまま死んでいく。大人にまで成長したのはいませんよ。子どものままで、死なせるということに意義があるわけで、そういう世界を賢治は生きたかったのでしょうね。自分も三十七歳で死んじゃってる。

それから、山男は鬼の要素をもっていると私は思いますね。農業を絶対視する農本国家の外側に鬼は存在する。山人もそうですよ、外側。いわゆる水田の稲作を中心とした村共同体のなかに住めないんですね、山男は。柳田の山人もそうですよ。農耕人が西南からやって来て、彼らに排除され、追い出され、ついに敗北を喫して、山に逃げるか海に逃げるか、どっちかしかない。漂泊を余儀なくされて、これが鬼になったり天狗になったりするわけですね。鬼の系譜が色々ありますが、鉄生産者が鬼にされたという伝説は各地にありますが、おそらく朝鮮半島から来た人が、鉄の製法を知っていたんでしょうね。

山折　それは中世、蓮如が出てきたとき、彼は森林地域に広がる山間部の民を組織していった。生産用具をつくるたたら集団を念仏の吸引力で組織していきましたね。

綱澤　JR岡山駅から吉備線で十五、六分の所に吉備津駅があります。そのそばに吉備津神社というのがありますが、そこに温羅《うら》という鬼が今でも埋まっているといわれています。その温羅というのは朝鮮半島から来た鉄生産者のボスだという説もあります。その温羅は殺されても何年も何年も唸りを上げて、しゃれこうべになっても唸りは消えることはなかったといわれ、鎮めることを考えないといけないということになりました。それで、この神社の釜殿の下八尺も掘って深く埋められたのですが、その後も十三年にわたり唸りは消えなかったといい、この件に関して藤井駿は次のように語っています。

ある夜、ミコトの夢に温羅《うら》の霊が現われて、「吾が妻、阿曽郷《あそ》の祝《はふり》の娘阿曽媛《あそひめ》をしてミコトの釜殿の御饌《みけ》を炊《かし》がしめよ、若し世の中に事あれば竈の前に参り給はば幸あれば裕《ゆた》かに鳴り、禍《わざわい》あれば荒らかに鳴ろう。ミコトは世を捨てて後は霊神と現われ給え。われは一の使者となって四民に賞罰を与えん」と告げた。というわけで、吉備津神社の御釜殿《おかまでん》は、温羅《うら》の霊を祀るもの、その精霊を「丑寅《うしとら》みさき」というのである。これが神秘な釜鳴神事のおこりである。

（『吉備津神社』藤井駿 岡山文庫52）

私は桃太郎は本当は悪いやつで、鬼が正義だということをずっと主張しています（笑）。鬼ヶ島に鬼が金銀財宝を盗んできたと言われていますが、どこから盗んできたかは誰も何も言っていないんですよ、桃太郎が鬼から金銀財宝を盗んだだけで。岡山へ行くと、そんな桃太郎の悪口を言うと怒られますが……。これは戦時中は日の丸の桃太郎は正義の味方で、米英は鬼畜と言っていたのですから、鬼ですよ、米英が。しかし、米英はともかくとして、鬼は一つも悪いことをしていないんです。にもかかわらず、鬼を登場させ、悪の烙印を押して支配する。これは権力のもっている必然性です。権力というものは、いつの世にあっても、光を己の側に引き寄せ、鬼の住んでいる闇を遠ざけようとする習性があるんですね。そして、昼や光が、夜や闇を支配することが正義だという神話をつくったんです。

山折　そうそう。そもそも桃太郎伝承の原型はそんな話じゃなかったということ

綱澤　は、柳田国男も「桃太郎の誕生」のなかで言っている。

鬼の大将で酒呑童子というのが大江町におります。今でも毎年十月の最後の日曜日に酒呑童子祭りという祭りをやっています。ですが、酒呑童子の首を刎ねた源頼光のお祭りはしませんね。なぜだということを書いたことがありますが、酒呑童子は頼光に首を刎ねられても、宙を舞ってまた頼光の頭に食いつきますからね、何も悪いことはないんだから。鬼を悪者にして、権力者は自分たちの地位を維持していったということです。

これは柳田も書いていますが、そういう鬼的要素というものを山男はもっている。賢治も鬼になりたかったかもしれない。その鬼ですけどね、賢治には独特の鬼的性格が存在しているという気がします。

山折　ほう……。鬼的性格ね。それに関係するかどうか、これはもう、いろんなところでいっていることですが、賢治

の作品というのは、風がいつも吹いてるんですよ。そのなかに何とも不気味な風が吹いてくる。例えば、詩集の『春と修羅』。どのページを開いても、いろんな風が吹いているんです。人間の喜怒哀楽の地上的・人間的な風、天上の風、形而上学的な風、愛の風、憎悪・怒りの風……。

中原中也もこの賢治の「風」の影響を受けています。中也の詩にこの風のモチーフがいたるところで吹いている。修羅の風をはじめとしてね。また、その風の吹かせ方が賢治のそれに非常によく似ている。これは中也自身が告白しているのですが、『春と修羅』が出版されたとき、そのゾッキ本が神田の古本屋にたくさん出回ったらしいんですが、そのときに、中也は神田の古本屋でそれを見つけるんです。そして、賢治の名前を知っていたのでしょう、五、六冊買うんです、ゾッキ本を。ゾッキ本って言っちゃ悪いかもしれませんね。

綱澤　中也の詩の中の「風」について、山折さんは『デクノボーになりたい――私の宮沢賢治』（小学館）の「中也の心に吹く風」の中に詳しくお書きになっていますね。「汚れつちまつた悲しみに……」の第一節の詩句を引かれた後に、このように書いておられます。ちょっと引かせてください。

風は天啓の風、慰藉《いしゃ》の風であり、中原中也のからだの髄をつらぬく悲しみを透明にし、照らし出す鏡のようにも見えてくる。中也の風が、いつのまにか賢治の風のイメージに重なって吹きはじめているのである。

（『デクノボーになりたい―私の宮沢賢治』小学館）

また、中也の作品の「帰郷」は望郷の涙を誘う風であると言い、「心象」のイメージについては、「風が吹いて立ちあがり、風が吹いて物語をつむぎ出し、そして風が吹いて人間の生死を憂い、最後になってその悲しいドラマ、淋しいドラマを終息にみちびく。」とし、最後には「永訣の秋」の冒頭を引いて、こう結んでおられる。

僕は此の世の果てにゐた。陽は温暖に降り洒《そそ》ぎ、風は花々揺《ゆす》つてゐた。

このように挙げていけばきりもない。中原中也の心に吹く風は、かれのからだを押し包むように吹いている。天上からも地底からも吹きつけている。その悲しみの風、絶望の風が、かれの処女詩集『山羊の歌』のほとんど全編に吹きつけ、『在りし日の歌』の上に吹き続け、そして晩年の『未刊詩篇』のいたるところに吹き続けていたことがわかるだろう。

（同上書一五九頁）

山折　中也は古本屋に流れたそのゾッキ本を数冊買って、それを自分の親しい人間に送っていますね。こういう事実があるんですね。それだけ影響を与えていたといえます。その賢治の詩の中に、不気味な風、異様な風が非常に印象的な形で吹いているというのが、前からどうも気になっていましたので、改めて童話の方も読み返すと、童話の方も風が吹いて話が始まり、風が吹いて終わっているケースが多い。これは不思議ですよ。必ず風が吹く。それは「風の又三郎」、「注文の多い料理店」、それから「銀河鉄道の夜」、全部そうなっているんです。風なんです。風が導入部に姿をあらわし、ドラマの終鈴を告げるように吹いている。いったい、どうしてだろう？　風はどういう意味をもっているのかと考えますと、それがどこか先ほどの縄文的というか、アニミズム的感覚とつながってきて、何となく宇宙のかなたから吹いているという感じが伝わってきます。この地上に何物かをもたらしてくれる。あるいは風のなかに何物かの命が宿っているといってもいい、死者の声かもしれない、そんな吹き方に思えてきた。そう考えていましたら、トシが死んだあと、八カ月後の夏に、賢治は北海道、樺太の旅へ出ていくんですが、そのことが心に浮かんだ。その旅のなかで彼が書いた詩が、「青森挽歌」。ここで挽歌が出てくるわけですね。万葉由来の、挽歌、死者を悼む詩ですね。これはもう文句なしにトシの魂を乞う、魂呼ばいの旅だったのかと。その詩を読んでいきますと、風が吹いたり、雲がもくもくと湧いて出てくると、そこにトシの気配を感じる、トシのイメージが立つ、そういう意味の言葉が出てくる。ああ、これはもうまちがいないなと。結局、「風」というのは宇宙のかなた、死者の住む世界から吹いてくるもので、その感覚というのはおっしゃるとおりアニミズムではあるのですが、私はあんまりアニミズムという言葉を使いたくないんですね。

綱澤　山折さんはお使いになりませんね。

山折　というのも、それは近代の西欧世界に現れた進化論的な宗教発展段階説で言い出した言葉ですから……。アニミズムとかシャーマニズムというのは原始的な段階の宗教感覚を指すという位置づけですか。とんでもないことだと思いますね。これは今から五千年前、一万年前のことを考えると、これこそ人類のもっとも普遍的な感覚だったんじゃないかと思いますね。その後、ユダヤ教やキリスト教が出てきて、一神教的な預言者の教えが発明されて以後、原始宗教の未開な宗教感覚として古い箱の中に押し込められてしまった。そんな言葉遣いをいつまでも追っかけていても仕方がないんですね。だから僕はアニミズムではなく、「万物生命観」というように言っているんです。

綱澤　私が思うには、山男も「風」ですね。先ほどの「祭の晩」という童話がそうです。山男が去っていった瞬間に大風が吹くんですよ。そして団子屋の小屋が吹っ飛んでしまう。そういう風を吹かせますね。それですべてが消されていくというか。

山折　ああ、なるほど……。それから、「遠野物語」によく知られた神隠しの話があります。

綱澤　神隠しもそうですね。

山折　神隠しの場面というのはだいたい風が吹いていて、それで何十年か前にいなくなった女性がいて、その風と共に現れる。寒い風が吹く日は「寒戸《さむと》の婆《ばば》」というのが出て来るぞと、あれね。とにかく寒い風が吹くと、不気味な

綱澤　ことが起こる。「寒戸の婆」というのは私も子どもの頃聞いたことがあります。「寒戸の婆が来るぞ」って。

山折　岡山でも……。

綱澤　岡山の県北の方です。

山折　寒戸《さむと》っていうんですか？

綱澤　はい。寒戸の婆。

山折　面白いなあ、それは。

綱澤　うちの祖母なんかはよく使っていましたからね。

山折　戸をガタガタいわせる。

綱澤　そうそう。あれはどういう原因で吹くのかわからないんですよ、今でも。ただ、風が吹くのをそういうふうに呼ぶんですね。

山折　このような伝承を民俗学では非常に大事にしてきましたね。

綱澤　酒呑童子なんかでも、大風を吹かせる力をもっていますからね。

山折　俵屋宗達の風神・雷神などもおそらくそうでしょう。賢治が盛岡で高等農林を出て、花巻に帰ってきて、農学校の教師になります。その帰郷したときの光景を想い起こします。その頃ですが、もうその頃は法華経に熱中している時期ですから、冬になると寒行に出るんです。黒いマントを羽織って、題目を唱えながら、街を歩いていく。何とも形容しようのない、異様な姿です。なぜ黒いマントなんだと。これは一種の「黒船の来航」だったのではないか、花巻の人間にとってはね。とすると、ペリーは日本人にとっての第一期の黒船、賢治は第二期の黒船にあたる。花巻の人間にとっては、法華経は仏教ではあるけれども、非常に過激な、強烈な仏教という認識があった。むろん、それは東北の場合だけに限らないわけですけれどもね。異常なるもの、異様なるものが外から闖入してきたという感覚ですね。花巻の人たちはそれを、賢治が自ら意識して演出した扮装ではないかと、賢治の黒マント姿を、そう思っていたんではないですかね。

綱澤　第二の黒船来襲ですか。

山折　そう、外部の異文化の人間という認識でしょうね。土地の人が「きちがい賢治」と言っていたというのもそういうところからきている……。

綱澤　狂気がなければ、

山折　できないことかもしれないからね。とはいえ、農民にとって、われわれと同じ百姓でもないくせに、教養のある宮沢家の御曹司がやって来て、何を偉そうなことをと、そういう悪意に取り巻かれた「黒船」の来襲、来航でもあったわけですよ。

第四章　最後をどう生きるか

◉雪や雨と同じだと言った賢治の戦争観

戦争責任論／特攻の精神／戦後デモクラシー／一心の現象／内村鑑三　非戦論／斎藤宗次郎「二荊自叙伝」／『アザリア』第5号「復活の前」／ナイヒリズム／「烏の北斗七星」／吉田満『戦艦大和ノ最期』／左翼文化人／保田與重郎　アジアの絶対平和論／バガヴァッド・ギーター／カルマ／『マハーバーラタ』／鶴見俊輔／人間の負い目／モーリス・パンゲ『自死の日本史』

綱澤　徴兵をめぐっての賢治の戦争観というのはわかっているようでわかっていない面があるように思います。それはどういうことかというと、戦後、戦争責任論というのが多く取り沙汰された時代がありますが、賢治の戦争観などを徹底的に検討しないから、戦争責任の問題がうやむやにされてしまうんです。あの特攻の精神の反省だとかというものが戦後のデモクラシーのなかに生かされずに終わってしまっていると思います。これが今の集団的自衛権だ

とか、あるいは軽率な平和論とかにつながった。しかし、そういうものじゃダメだということを実は賢治は言っているのだと思います。悪く言う人は、賢治は軍国主義者である、戦争を賛美している箇所がある、というようなことを取り出して、批判します。「雨ニモマケズ」も、あれは忍耐、教育勅語みたいなものだと切って捨てている。しかし、そんなことを言ったのでは、彼から学ぶということはできないですよ。

賢治が戦争というものをどういうふうに捉えているか、極端にいうと、雪や雨や風や何かと同じだ、一心の現象だと言っているんですよ。大正七(一九一八)年二月二三日、父親政次郎への手紙にこうあります。

戦争とか病気とか学校も家も山も夢もみな均しき一心の現象に御座候その戦争に行きて人を殺すと云ふ事も殺す者も殺さるる者も皆等しく法性に御座候

(『宮沢賢治全集〈11〉』筑摩書房)

ものすごく冷酷な認識のようにも思えますが、しかし究極的に考えてみたときに、戦争で是と非が問えるのか、正と否を誰が決めるんだということにまで突っ込んでいくと、どの戦争が正しくて、どの戦争がまちがっているかというようなことは、なかなかいえるもんじゃない。内村鑑三だって、日清戦争は義戦だと言って賛美して、日露戦争では非戦論を唱えた。同じ日本が戦争しているのですが。究極的には人間が戦争というものをなぜ起こすんだ、そして起きた場合に、どういう責任の取り方があるのかということについて、戦後の民主主義は非常に軽薄すぎた。そういうことの反省を賢治から学びたいと思います。

山折　単なる是非善悪、単純な正邪善悪の尺度だけではすまないということだね。そこに仏教の「一心」の問題が出てくる。「一心」とは、現実のすべてが「こころ」に映し出されている。そこからあらわれているという、仏教の根本原理というか、天台宗の考え方のなかにあるんですね。賢治がそれを言っているのは「法華経」を通してそう考えていたということでしょう。人間存在の根源の問題がそこに露呈していると言ってもいいんですね。内村鑑三の非戦論を、斎藤宗次郎がまともに受け止めていたときも、そのことを斎藤宗次郎は当時の賢治に言わなかったはずはないと思うのですが。

綱澤　言っているでしょうね。

山折　その痕跡をまだ僕は見つけかねていますが、日記の中にそれが見つかる、その痕跡があるかもしれない。「二荊自叙伝」は自伝を作るために書き直したものですから、日記原本を詳細に見ていくことは、一遍やってみないといけないことかなと思っています。そうすれば、内村の非戦論や思想を賢治がどの程度聞いているか、それについてどう思っていたのかわかるかもしれない。

綱澤　それから徴兵制と戦争の問題ですが、これも保阪嘉内との関連があるように、私は最近思ってきましたね。また卒業間際に徴兵検査を受けなきゃいけないというときに、父親に対してきわめて辛辣な意見を述べています。父親は徴兵検査を受けさせまいとして息子を説得するのに必死でした。それに対して賢治は大正七（一九一八）年二月一日の手紙でこう書き送っています。

次に徴兵の事に御座候へども右に就ては折角御思案され候処重ねて申し兼ね候へども来春に延し候は何としても不利の様に御座候斯る問題はその為仮令結果悪しとも本人に御任せ下され方皆々の心持も納まり候何卆今春の事と御許し下され候　仮令半年一年学校に残るとしても然く致し下され候

はば入営も早く来々年よりは大抵自由に働き得る事に御座候

（同上書）

政次郎は研究生になれとか、徴兵検査を延期せよということを盛んに言いました。賢治は、いや、普通の人間がやってることは僕はやると、たとえ戦死しても構わないと言ってね。ついでにというか、こんなことも父親に言っています。

暫く名も知らぬ炭焼きか漁師の中に働きながら静かに勉強致したく若し願正しければ更に東京なり更に遠くなりへも勉強しに参り得、或は更に国土を明るき世界とし印度に御経を送り奉ることも出来得べくと存じ候

（同上書）

普通の人間が幸せと言っているのは、結婚して家を作って子どもを成して、それが親孝行だと思っているけれども、そんなことは私はあまり思わないと言って、父親に対して、あれは何通出したでしょうか、盛んに長い手紙を書

いていますよね。そして父親はまた、それに対して、おまえは長男で、宮沢家を継いでいく大事な者だから、できるだけ戦争には行かせたくない、との思いが強くあったのでしょうね。賢治の戦争観というものをそこから引き出して、一度書いたことがありますが、戦争賛美者であるような面が、賢治には、あるにはあるんですね。『アザリア』の第5号に、賢治は「復活の前」という詩を書いています。ちなみに保阪はこの号の「社会と自分」の中で、「おい今だ、今だ、帝室をくつがえすの時は、ナイヒリズム」と書いた。

山折　退学の契機になった……。

綱澤　そう、退学の原因になりました。それで、賢治の「復活の前」という詩、この中にすごい場面が出てきます。「戦いが始る。ここから三里の間は生物のかげを失くして進めとの命令が出た。私は剣で沼の中や便所にかくれて手を合わせる老人や女をズブリズブリと刺し殺し、高く叫び、泣きながらかけ足をする」という場面です。これだけをもって、戦争賛美者であるとかファシストだとかという人も、いないことはないんです。賢治の童話の中に「烏の北斗七星」という作品があります。一節だけ引いておきます。

そのうつくしい七つのマヂェルの星を仰ぎながら、あゝ、あしたの戦でわたくしが勝つことがいいのか、山鳥がかつのがいいのかそれはわたくしにはわかりません。たゞあなたのお考えのとほりです。わたくしはわたくしにきまったやうに力いっぱいたゝかひます、みんなみんなあなたのお考へのとほりですとしづかに祈って居りました。

（『宮沢賢治全集〈8〉』筑摩書房）

これはカラスとヤマドリが戦争する童話です。このなかで、この戦いはどっちが正しいか、まちがっているかわからないが、自分は与えられた任務を遂行するだけだというところがあるんですね。それで、これを読んだ佐々木八郎という特攻隊で散華した戦没学生が、賢治の文章を引用して、今の戦争もわからんと、何が正しいのか。だけど、今は俺には与えられた任務を遂行するということしかないと言います。それをみると、戦後の戦争責任論というのが、あれは政府や軍隊がやった戦争であって、われわれには何の責任もないという、そういう文化的知識人が圧倒的に多かったですね。そして、反戦のラッパを吹き鳴らし、戦争反対を叫んでいれば平和が来るということで、

山折　真の戦争責任論というものがどこかに飛んでしまった。そういう時代が長く続きました。だから、いまだに戦争責任というものがよくわかってない。私などが憂うる戦争への道というか、軍靴の足音というかな、そういうものを、戦争直後、吉田満がやった「戦艦大和ノ最期」、あのなかに出てくる戦争責任論というものを、もう一回やらなきゃいけないんじゃないかという気がしますね。

綱澤　それは一口にいってどういうものですか、吉田満の戦争責任論というのは。

それは「戦争反対」の言動というものは、いかなる状況にあっても、本人の精神力で貫き通すことができるとする、実に「おめでたい知識人、文化人」に対する痛烈な批判です。吉田満の戦争への関わり方は、戦後、戦争反対の旗をふった知識人たちと違う。「戦艦大和」に乗り組み、九死に一生を得て、『戦艦大和ノ最期』を書いたのち、銀行員として戦後を生きるわけですが、彼独特の戦争責任論を展開してゆくわけです。彼は「戦争は政府や軍人がおこしたもので、私たちには責任はない」とする戦後の知識人、文化人に対する反撃から論を始めます。「自分は与えられた任務を忠実に果たした」と言い、それで戦争讃美者だと、協力者だといわれるなら、それはそれでよい。しかし、この戦争体験のなかからでなければ、それを超える責任論は生れないと吉田は言います。このことを真に理解して戦争責任論を展開した者が何人いたかですよ。ここで吉田の次の文章を引用しておきたいと思います。

戦争否定の言動が、その意志さえあれば戦時下でも容易に可能であり、当然に為さるべき行為であったとするキレイ事の風潮が、敗戦後の日本社会に瀰満した。そのことが、戦後日本に大きな欠落を生んだのではないか。あれほど甚大な犠牲をはらったにもかかわらず、日本人が敗戦の事実からほとんど学ぶことが出来なかった有力な原因が、そこにあるのではないか。

（『戦中派の生死観』文藝春秋）

『戦艦大和ノ最期』の中に少尉が明日死ぬという前の晩に、兵士を集めてこういう話をする場面があります。我々は明日死ぬ、どういうものと刺しちがえることができるかというと、日本は滅んで新しい国を作るんだと、それしかない、だから、われわれは滅ぶために戦うんだ、負けるに決まっているが、諸君は新生日本のために死んでくれ、何も言うなと、それしかないんだということを言っているんですね。これをばかばかしいというふうには取れないんです、私には。戦後、戦争責任論というのをごまかす知識人が多くいました。昨日出てきたような知識人と称する者が、あの戦争はだめだったと、我々がやったんじゃない、政府がやり、軍隊が起こした戦争だと、我々には何の責任もないんだ。そういうことで、左翼文化人として通った。そういう時代が長く続きすぎて、左翼ぼけというか、そういうふうになった……。

自己保存、自己拡張のために侵略支配に血道をあげたヨーロッパ近代に対し、絶対平和論を主張した文人がいました。保田與重郎です。彼はアジアの絶対平和論を主張しました。これは相対平和ではない。相対平和は、きわめて現実的な政治的駆け引きのなかにみられる戦略の一つである。太平洋戦争終了直後の喧騒ともいうべき平和主義、民主主義の嵐の裏にある浅慮さを保田は嗤いましたが、賢治が生きていても同じくそうしたであろうと思いますね。この世に存在する勝利、敗北、正義、不正義など、どこまでいっても相対的なもので、それを超えようとするところに、賢治の平和理念があるのです。彼の静かな声は、死を日常的に生きた、あの散華世代の精神に近い。

吉田が色々書いていますけれど、実際に肉片が飛び散る、そういう最中で戦った人間だけが、戦争について語る、戦争責任論を語れる資格があるということを言っています。いや、本当にそうなると、賢治の「烏の北斗七星」という作品は、どうかマヂェル様、憎くもない人を殺さないで済むような世の中を早く作ってくださいと、神に祈っているわけです。で、ヤマドリもカラスも、俺たちはどっちが勝つか負けるか、どっちに正義があるかわからんと。ただ与えられた任務を遂行するだけだと。これは、戦争というものが、雪や雨や嵐とおんなじように自然現象だと、賢治は言うわけですね。これは、人口が増えりゃ戦争が起きると。いいか悪いかは神のみぞ知る。

山折　いや、そのとおりだと思いますよ。インドの古典中の古典に、バガヴァッド・ギーターというのがあるんです。これはインドの知識人なら誰でも知っている書物です。日本でいえば歎異抄みたいな話です。それで、このバガヴァッド・ギーターの考え方の中心となっているのが、カルマ。つまり、「行為」のこと。人間というのは、自分の成すべき本来の義務を遂行する、それは善悪などの基準を超えている。自らの義務を遂行することはね。だから、神の権威からも自由になっている。あれこれ迷わずに行なう。インド古代には世界最長の叙事詩といわれる『マハーバーラタ』という作品がありますが、これはバラタ族という同族の間で覇権を競う大戦争の物語です。人間が殺し合うのは何故かという問題意識が底流していて、殺し合いそのものも人間の生きるための義務であるという思想が説かれている。そのことを集中的に論じているのがこの『マハーバーラタ』という叙事詩の中の「バガヴァッド・ギーター」という短い章で、これがのちのヒンドゥー哲学の中核的な聖典とされ、言ってみれば、インドにおける『聖書』のような地位に祀りあげられていった。人間の義務を遂行することを正当化する行為（カルマ）の絶対主義、ですね。これがやがて仏教にとり入れられて、我々の知っている「業」の問題に変容し発展していきました。つまり人間が受けるべき人生上のさまざまな結果は、すべて過去に犯した「行為」の影響によるものだ、ということになった。そこでその因果の関係から自由になるためにどうしたらよいのかという救いと悟りの問題が引き出される。つまり輪廻転生の輪からどう逃れるか、という。それが業（カルマ）からの解放＝悟りですね。

しかしこのような仏教の考えの中からわが国の親鸞のように、人間の人生というものは、どんなこともすべてこの過去の行為（業）の影響を免れることはできないよ、という過激というか異端的な考え方が出てくるんですね。

人間が行なうほんの些細な行為、塵芥のようなことまですべて過去の「業」の結果なんだという。まことに理不尽な運命決定論と言ってもいい。人間の自由意志なんていうものは何の役にも立たないよと言っているに等しい。考えようによっては、戦争も人間の殺し合いもその「業」によるものだと言っている。なぜそんなことをあの親鸞が言っているのか、ここは未だによくわからない。いつも自問自答を重ねているわけなんですけれどね。それはもしかすると、この人間の殺し合わずにはおられない宿命的な本質、同じ種同士で殺しあう、戦争する、そういう運命的な「業」の世界を念頭に置いていたからかもしれない。そのように思うようになった。そしてそのような自意識がときに我々の意識にも蘇る。

宮沢賢治の言う、我々は他の生き物を殺さずには生きていけない、他者を食わなければ生きてはいけないという絶望感につながっていく。先ほどから出ている食物連鎖というのは殺し合い連鎖ということでもある。そのことを仏教の「業」という考え方ほど残酷な形で表している言葉はないのではないかと思うのですね。

綱澤　この不幸な殺し合いの連鎖を断ち切るためには、自分が死ぬ以外にないというところに行くんです。あの不幸な立場に立たされていた「よだか」でさえ、生きるために羽虫やかぶと虫や、色々な生きものを殺して食べているんですね。だから、この不幸な連鎖を断ち切るには自死以外にはないんです。

山折　私は以前、自分の処女論文を鶴見さんの『思想の科学』に載せてもらいました。たしか、綱澤さんも『思想の科学』に書いてらした？

綱澤　三回ほど載せていただきました。柳田と橘孝三郎、南方熊楠。

山折　私はそののち、鶴見さんからは色々な影響を受けてきているのですが、そのなかで今でも時々立ち止まって考えているのは、鶴見さんが言われた次のことですね。

誰か他者（相手）を殺さなければならなくなったとき、そのときは自殺が許されるんだ、という言葉なんです。殺し合いの連鎖の世界のなかで、自分がその立場に立たされたとき、自殺は許されるということです。これはほとんど宗教的な犠牲を自ら引き受けるということですね。そしてそのことを最後に典型的な形で作品に描こうとしていたのが賢治だったということになるのではないでしょうか。このような宗教的犠牲の問題は、今ようやく盛んになってきた生物進化論や生命科学、あるいは類人猿研究の分野だけではとうてい究明しきれないだろうと思うのです。これからの賢治研究の深さと難しさが、そこにも横たわっているように思いますね。

綱澤　つまり、人間の生命とは究極的に何かという問題になる。殺していいのか、それは許されるのか。その食物連鎖の輪、食うか食われるかの関係、人間の場合には、それは自己犠牲という具体的な行動（業）にもなる。賢治文学におけるる人間の負い目ということ、ここに必ずいきつく。今日、生命論というものが環境論なんかとセットにされ、比較されて議論されるようになりましたけど、この部分の議論がどうも曖昧になっている感じがしますね。

山折　もうだいぶ前になりますけど、モーリス・パンゲという人が『自死の日本史』の中で書きましたよね。どうして日本人は自ら命を絶つのかと。これはキリスト教ではわからんわけですよね。インドではどうですか。

綱澤　それは、カルマの遂行のためには、自殺もありえるということになるわけで、これは人間中心主義の西欧的思考からは、なかなか理解しにくいんでしょうね。

山折　宮沢賢治は期せずして、そういうことを童話のなかで見せたのかもしれませんね。ただ、戦争に直接関係するようなものはあれだけですね、『アザリア』に書いた「復活の前」という詩。

◉いのちと向き合い最後に行き着く法華経

武田清子／赤坂憲雄／中村稔／「雨ニモマケズ」のテーマ／禁欲／蕩尽／『リバイバル新聞』／谷口和一郎／斎藤宗次郎／働くキリスト者／反近代の思想／デクノボーモデル論／今野勉『宮沢賢治の真実―修羅を生きた詩人』／中村桂子／生命誌／「山川草木悉皆成仏」／アニミズム／末木文美士『草木成仏の思想』／安然『斟定草木成仏私記』／山人論／「遠野物語」／柳田国男的観点／常民論／神隠し／悲劇的な偶然性／岡本太郎／村井紀『南島イデオロギーの発生』／吉本隆明『共同幻想論』

山折　この機会に書きとめておきたいんですが、斎藤宗次郎の自伝『二荊自叙伝』が岩波書店から刊行されたとき、東京・有楽町の有楽町朝日ホールで出版記念のシンポジウム「『雨ニモマケズ』の心を探る」が開かれました。平成一七（二〇〇五）年、五月十二日のことでした。主催は朝日新聞社、岩波書店、国際日本文化研究センター（日文研）の三者で、会場には賢治ファンなど約六〇〇人が詰めかけました。

パネリストは赤坂憲雄さん、武田清子さん、中村稔さんの三氏、私が司会をつとめたんですが、このとき武田さんがまずこんなことを言われた。

内村鑑三の弟子であった有島武郎、小山内薫、正宗白鳥らが次々と師のもとを去っていったことと、宗次郎が最後まで師につき従ったことを対比させて、「斎藤は内村を母のような愛で支え続けた。彼の存在によって内村はどれほど励まされただろうか」と述べた。また宮沢賢治と宗次郎の関係については「雨ニモマケズのデクノボー、『銀河鉄道の夜』『グスコーブドリの伝記』など、これらの背後に斎藤の存在があるのではないか」と語り、宗次郎が賢治の作品に大きな影響を及ぼしたとの見解を示しました。

これに対し、宮沢賢治についての評論もある詩人の中村稔さんは、「雨ニモマケズ」が賢治の作品としてはそれほど優れたものではないと述べ、それは病弱だった賢治がその回復を願って書いたものだとした。また「デクノボー」については、「私はデクノボーになりたいと言っているのではなく、そう言われてもかまわないから、自分の生き方を全うしたいという思いをあらわしたもので、そういう意味では斎藤はデクノボーと共通したものをもっていたのかもしれない」と述べました。

当時、東北学の構築を目指していた赤坂さんは「雨ニモマケズ」のテーマが「禁欲」であると指摘。東北人のなかに、耐えて耐え続ける「禁欲」と、あるときに急激な放蕩に走る「蕩尽」の二つのテーマがあるとし、賢治という人間が内包する「蕩尽」の思いと、それを抑制する手段、要素としての「仏教」「結核」があったとの見解を述べました。また賢治には「ミンナニデクノボートヨバレ」と書くように、みんなを巻きこまずにはいられない精神的弱さがある。それに対して宗次郎の場合は、「ミンナニ」と言う必要はなかったと述べ、精神的な強さにおいて差があることを指摘していました。

このシンポジウムの内容を含めて、斎藤宗次郎の評伝やその今日的な意義について詳しく報道していたのがキリスト教系の週刊『リバイバル新聞』(二〇〇五年五月二九日号)で、谷口和一郎氏の記事だった。その谷口氏が右の記事の中で、次のように書いていたのが忘れられません。

「キリスト者の生き方には様々あり、生活のために一般の仕事をされる牧師もいる。それも一つのスタイル。しかし一信徒として、仕事を神からの天職と受け取り、誠心誠意業務に励み、その仕事を通して神と人に仕えるという生き方は、否定できないほどの大きな影響を周囲に与えるようだ。『雨ニモマケズ』のモデルが斎藤宗次郎であったかどうか、その結論は出ていない。しかし働くキリスト者のモデルが宗次郎であるのは間違いない。雨の日も吹雪の日も喜びと感謝をもって新聞を配り続けた一人の男が、その死後になって注目を集めている。」

綱澤

私は、デクノボーとは無用のこと、役に立たないこと、これは反近代の思想だと思いますね。生産性向上のために役立つことが有用な人材として近代では高く評価された。いわば資本主義の発達のために役立つ人間が価値ある人間で、役に立たない人間は価値のない人間なのです。怠けものだった人間を勤勉主義者に変えたのは誰ですか。人間の肉体も精神も、もともと他の動植物と同じように、自然のリズムに従って生きるようにつくられているのに、その本質的なものを変換させられ、あるものに寄与できるような体質に作り変えられていった。本能的なものが破壊され、ある一つの鋳型にはめ込まれた。その鋳型が生産力向上に役立つものということです。役立たないものは罪悪として放擲されました。その放擲されたものがデクノボーです。賢治が誰をモデルにしたかどうかは、そう問題ではなく、役に立たない人間像を理想としているんです。近代化とは、他を抹殺し続けることによって形成されている。その勢いは燎原の火のごとくである。これに対峙するには役に立たない人間になるか、死しかないのです。「ミンナニデクノボートヨバレ、ホメラレモセズ、クニモサレズ」でいいのです。これは賢治の、無意識のうちに蓄積された反近代の思想だったように思います。

山折　私は初めのうちは斎藤宗次郎がデクノボーのモデルだと考えていました。もちろん、私だけではなくて、そういうことを言っている人はたくさんいました。だけど私自身はもう、単なるモデル論というか、つまり斎藤宗次郎をモデルと考えるのは、賢治の世界を狭く限定することになる、と思うようになった。同じようなことを、今野勉さんも先の『宮沢賢治の真実―修羅を生きた詩人』のなかで言おうとしています。

実はこの本の批評を中村桂子さんが書いていて、非常に高く評価していますが、最後にもち出しているのが生命《いのち》の問題なんですね。生命誌研究館の館長ですし、生命誌について研究者という肩書きをもつ中村桂子さんの、半生を賭けたお仕事の究極のテーマが生命誌の構想でしたからね。生命とはそもそも何か？　生きるってどういうこと？　をとことん考えていくと、どうなるか。そういう観点から突っ込んだ書評でした。

　今野さんの本が二〇一七年に第15回目の蓮如賞をとりまして、その受賞式でご本人が挨拶されたとき、最後に生命の問題を賢治はどう考えているんでしょう？　というような話が出されて、ぜひともこのことを中村桂子さんにお聞きしたいと、今野さんが壇上から問いを投げかけた。中村さんは授賞式においでになっていたから、立って答えられました。「やっぱり賢治が最後、生命というものをどう考えていたか、これは難しいですね」と。今日の地球環境問題としても、大きな課題になっていて、人間と様々な生命体との関係についても同時にこれからどう考えていくか、というぎりぎりのところにきている。そうすると、生命というものを、動物界・植物界を含めてどう考えていくか、ということになる。植物にしても動物にしてもこれを殺して食べなければそもそも人間は生きていけない。このジレンマのなかでどのようにわれわれは生をつないでいくのか。

　つまり賢治が悩みに悩んでいた問題にぶつかる……。しかし、そう言われても答えはないんですね、これ（笑）。

綱澤　そうですね。

山折　答えはないけれども、それならその場面で賢治はどこまでいったのだろうか、ということになりますね。

綱澤　賢治が六〇や七〇歳まで生きていましたら、どういうふうなところへ到達したかわかりませんが、三七歳で死んでしまっているわけですから、その時点の、その若さの賢治で考えるしかしょうがないわけです。僕は、やはり賢治の一番奥にあるのは縄文的な、人間はこの自然界の一員でしかないという思想、そこが基本だと思います。あと、いろんな宗教や思想や、そういうものがくっついていきますが、「山川草木悉皆成仏」という仏教用語でも、元をいえばアニミズムですよ。このアニミズムが基底にあったから、仏教がうまくその上につながったのです。おそらく賢治は、鹿や熊と話ができていた。そういう超人間的なセンスが彼の中にあったのだと思います。だから、「なめとこやまの熊」をみても、「よだかの星」をみても、山男の描写をみても、近代的発想は出てこないのです。近代を超越して、さらに突き進むと元へ戻るという、こういうことじゃないのかと思います。それでデクノボーというものも、山折さんがさっきおっしゃったように、斎藤宗次郎がモデルだと決めるのではなくていいでしょう。原始宗教のようなものもそこにはあるし、浄土真宗もキリスト教も法華経もみんな集約された形で、賢治の手帳の最後の詩になったのではないかと思います。

山折　人間としての最後をどう生きていったか。もしかするとそれが、デクノボーをつきとめようとするときの鍵のように思うようになったのですが、その時、やはりおっしゃるように「草木国土悉皆成仏」の自然観、アニミズムと言ってもいいと思いますが、それが重要になります。それでこの問題について言いますと、末木文美士さんの『草木成仏の思想』が参考になる。この末木さんの本は正式には『草木成仏の思想－安然と日本人の自然観』として出版されました。初め二〇一五年に株式会社サンガ（東京）から出版されましたが、反響を呼び、二〇一七年になって

同社のサンガ文庫で再刊されました。その「文庫版あとがき」に次のような著者の追記があります。ここにそれを引用しますが、それは賢治がすでに「草木成仏」に関心を寄せていたことに言及しているからです。初版を出したあと、読者の質問、疑問に答えて述べているところにそれが出てきます。

第五に、「山川草木悉皆成仏」に関して、すでに宮沢賢治が言っているというご指摘をいただいた。大正七年（一九一八）六月二七日付、保阪嘉内宛封書に、「わが成仏の日は山川草木みな成仏する」と書かれている。このことは、執筆段階で専門の方からご教示いただいていたが、「山川草木悉皆成仏」という丸ごとの熟語を問題にするということから、言及しなかった。しかし、確かにほとんどそれと一致する言い方であり、言及すべきであった。若い賢治がこのような思想を展開していることは非常に興味深い。

ちなみに、「山川草木」とか「草木国土」という言葉は、ともに仏典にしばしば出てくるが、インドには遡りえないようである。主に密教系の文献に出る。神道の文献では、「山川草木」のほうが多いようである。その検討も今度の重要な課題であろう。

（同書、二八八―九頁）

末木さんは現代日本を代表する仏教学者ですが、その末木さんが日本古来の自然観を代表するかのように扱われる「山川草木悉皆成仏」という言葉をめぐる諸問題を総合的に研究したのが本書なんですね。それによると、この言葉は仏典にも日本の古典にも出てこない、そもそもこの言葉は存在していなかったのではないかという。そしてまた「草木も成仏する」というような草木成仏論は、本来の仏教思想ではなく、平安時代の日本の天台僧・安然という人が、中国天台の著作を大胆に解釈することで生まれたのであろうと論証したのでした。その歴史的な跡を検証しながら、今日の日本人の自然観や災害観まで論じています。

おそらくそのことが今日熱く語られるようになったのは、東日本大震災以後、もはや呑気に「日本的アニミズム」をただ賛美していていいような状況ではなくなっている、もっと環境問題を真摯に考える契機にしなければならない、そういう気持をこめて論じられているんですね。私もその点では末木さんにまったく同感であって、それでここで言及させていただいたんです。しかも、その問題については宮沢賢治がすでに気づいていたという指摘、それが彼の作品のうえに色濃い影響を与えていたことが、若き日の親友、保阪嘉内宛の書簡にあらわれていたということもまた私にとっては大変な驚きであり、衝撃だったのです。ちなみにこの末木さんの本には、安然の『斟定草木成仏私記《しんしょうそうもくじょうぶつしき》』の研究とならんで、その現代語訳が収録されています。

今、私は賢治の「デクノボー」について、人間であることにほとんど関心を失い、ほとほとごめんだという賢治の気持ちに分け入って言っているのですが、つまり、それくらいならデク（木偶）のようになった方がいいと、絶望的というか悲観的な心境に近づいてそう言ったのではないかと思ったのです。

そうして、そのあとに題目が出てくる。十界曼荼羅が出てくる。法華経が出る。法華経信仰というか、仏教の信仰というものがぐっと前面に出てくる。

この「デクノボー」の言葉と十界曼荼羅の連続性については、重要な指摘を、すでに大角修さんもその著作『「宮沢賢治」の誕生――そのとき銀河鉄道の汽笛が鳴った』（中央公論新社　二〇一〇年　一五七頁）の中でいっています。

ここで、仏教が出てきたところで、食物連鎖の重い鎖の関係から脱出するための最後の光が射しているかもしれないと僕も思うようになった。デクノボーになりたいという願望と、法華経によって救われたいという願望がそこで重なっている。そこは、解釈によって、重なるか重ならないかが、とても微妙ですね。近代人、現代人としての宮沢賢治の大きな苦悩の根源がそこにあるような気がする。その苦悩の原点にあるのが、おっしゃったように山人論で、その山人の意識の問題は東北に非常に固有の意識の問題として、われわれの魂のなかに沈澱している、あるいは眠っている。それは同時にお隣の遠野の、「遠野物語」の世界ともつながっているということですね。そこで、柳田国男的観点も出てくる。柳田という人は民俗学者として山人論から農民論へ、常民論へ変わっていった。山人論は捨てていったという……。

綱澤　そこですよ。

山折　縄文の狩猟民、その悲劇的な運命の話。これについては「遠野物語」にたくさんありますが、そのなかにこういう話が出てきます。狩猟を生活の具にしていた男が子どもを連れて山に入っていく。すると、あの峠の向こうに狼がいるぞと。だから、今日は狩りはやめておこうという。その狼にずっと見られているというわけです。そういう話が出てきます。これは賢治の「なめとこ山の熊」にあらわれている感覚とまったく同じだよね。

綱澤　同じですね。

山折　「遠野物語」に出てくる山人の生き方、その山人にまつわる話というのはほとんど悲劇的な状況のなかで語られている。神隠しもかっぱの伝承も、みんな山人の行動とどこかでかかわっている。山男が現れて女を奪う、それで、子どもを作る。その子どもが今度は山人との間の子どもだからというので殺されて、それが座敷わらしになったりする。あるいは山人との関係で生まれたということで精神異常で、それで人の前に姿を現わさない、座敷の奥で監禁されている、とそんな話になっていく。だから、「遠野物語」に出てくる様々な怪異なる存在というのはほとんど、山人にかかわって悲劇的な状況のなかで語られている。それを柳田国男は集めて、彼の山人資料、山人論が書かれるわけです。

このような状況のなかから、どうしたら人間は、東北の民は、幸福になれるのか。これが次の柳田国男の問題になる。その点では賢治も同じだったと思います。そういう狩猟民的な世界に生きている限りは人間は幸福になれない。狩猟民的感覚を支えている基本的な人間関係というものから、どのようにして幸せをつかむ世界に抜け出て行ったらいいのか。そういう問題意識ですね。生きていくためには、動物と人間の一対一の関係をどうするかということなんですね。その食うか食われるか、殺すか殺されるかという関係をどう考えていくか、ということなんですが、それが社会や村をつくっていくうえで欠かすことができない。一口に言えば、倫理・道徳の問題にかかわってくる。その点ではわれわれは一種の悲劇的な偶然性のなかで生きていかなければならないってことです。

綱澤　岡本太郎もそういうことを言っています。縄文の世界というのは、人間と動物が一体であって、食うか食われるかの世界だと。

山折　狩りの生活から農耕の生活への関心が出てくる。人間や社会のあり方をめぐって、そこから縄文的価値観から弥生的価値観への転換が起こってくる……。

綱澤　私は柳田と賢治では、山人、山男をみる限りはまるで違うと思っています。柳田は山人に同情はするが、自分と山人との間には厳然たる一線を画しています。稲作民に追いやられ、敗北し、山中での暮らしを余儀なくされた山人に対して、「どうだ、自分はこういう存在にさえ、同情の眼をもっているぞ」

と言いたげなところが柳田にはあります。賢治は歯の浮くような同情はしないが、山男を理想的人間として描いています。山男は「教養」の低い人間だというようなバカな評価もありますが、かなりズレた評価です。山男を教養がある、なしで評価するほど滑稽なことはありません。賢治は、自分と山男の間に距離などおいていません。山男が羨ましく、できることなら自分も山男になりたいのです。柳田には民俗学の世界に入ってからも、官僚としての眼で山人を見ている。どんなに憐憫の情を寄せようとも、心の底には「つきはなし」の気分が潜んでいます。当時の柳田の仕事を学者というよりも、政治家としての仕事であると言ったのは村井紀です。彼の主張はこうです。

私の考えでは、柳田の「民俗学」はよく言われる青年期の「文学」体験や幼年期の神秘体験などから直接見いだされたのではなく、彼が農政官僚として植民地問題として遭遇したことから開始されており、なおその「民俗学」の特質は、絶えずそのような「政治」を隠しているところにある。「日本民俗学」の「古典」たる『後狩詞記』・『石神問答』・『遠野物語』の〝三部作〟がすでにそうなのである。

（『南島イデオロギーの発生』太田出版）

山折　なぜ柳田が山人に恐怖感をもたせたかというと、吉本隆明が『共同幻想論』の中でこんなことを言っています。それは、村共同体から人を出すということは村が崩壊するから、村を出ると怖い目に遭うぞというタブーを作ったと。だから、外へ出させないようにしたんだと。このことを柳田が意識していたかどうかは別として、そういうふうに受け取れるということを吉本隆明が言っていますが、私もそう思います。

おそらく柳田はそこから共同体、村の問題にもってくるわけですね。秩序ある村のモラルとか掟といった問題が出てくる。そしてそこで働く自立した農民、それを育成しなければならないという新進官僚としての使命、それが役人になったときの柳田の考えだったと思うのですが、これが挫折して、下野して民俗学の開拓に向かっていきました。けれども同時に、そのように弥生的な農耕社会の新秩序を求めながらも、柳田国男は狩猟民的というか山人的な社会の特色とか可能性を否定はしていない。古きものを否定したり、克服したりする考えはもってはいなかったと思う。むしろそれを包摂しつつ、新しい価値観とともにそれを保存し、重層化させていく。ここのところが古きものを否定して新しい価値観にもとづいて社会の発展を目指すという進化論的な生き方とは違うわけです。

つまり、マルクス主義や近代史観とは決定的に異なるところだと思うのですね。その点では賢治と同じだったんではないでしょうか。東北の遅れた、縄文的な人間の生活を少しでも幸福にする、そういう通路というものを考えようとした。賢治も基本は同じだったと思います。農の世界に定着して、生産して、利潤を上げて、それで農業改革を進める。農民の意識改革をする、というところにいった。しかし、賢治は先にも言ったように実際には耕さない。どこまでも知識人的な対し方ですね。

ただ、そのとき二重の贖罪感が残るわけで、狩猟民的な感覚があって、動物に対する無限の愛情をもちながら、それを殺して食わなければ自分が生きてはいけない。その罪悪感と、農に関心を移していきながら、農民たりえないという意識。二重の罪業感と言ってもいい。これは柳田にはない。そのなかで賢治は農の技術を学び、それで専門の学校を出て教師になって教えていくという。しかし、これはどうしても上から目線という二律背反にぶつかってしまう。それがまた自責になっていく。最後に行き着くのが、宗教だった。法華経だった。そして何ごとに対しても興味を抱き、「注文の多かった」賢治という欲張りな人間が、そこに顔を出している……。

「あとがき」に代えて
―「賢治」断章―

宮沢賢治は詩人になろうとした
童話作家になろうとした
農業指導者や教師にもなろうとした
宗教者になることをめざしたこともあった
土壌や岩石や天体にも興味をもち
その専門家になろうとした
けれども宮沢賢治はそのどれにもならなかった
なろうとはしなかった

ひょっとすると　そのすべてになりたかったのかもしれない
だが　そのすべてになろうとも　しなかった

宮沢賢治は　生きるために　他のいのちを食べなければならないことに気づいて
苦しみはじめた　悩みはじめた
食うものは食われる
そのことに気がついたとき
宮沢賢治は　人間嫌いになっていたのではないだろうか

そうだ　デクノボーになるんだ
デクノボーになろう
デクノボーにしか　脱出の道はないのだ
そう思ったのかもしれない

ただ　最後に　気になることがないではない
あの最後の「手帳」のことだ

その中に出てくる「雨ニモマケズ」の断章のことだ
その詩の断章の最後に　このデクノボーの言葉があらわれる
「デクノボーになりたい！」

ところが　そのすぐ次の頁に
「南無妙法蓮華経」
の題目の文字が大きく描かれているのだ
宮沢賢治は「雨ニモマケズ」の詩の断片を書いて
それで終りにしているのではない

念仏を唱えるように　題目を唱えているのである　だから
「デクノボー」と「題目」は断続しているのではない
切り離されているのではない

連続しているのである
「デクノボー」は「南無妙法蓮華経」とそのまま地つづきで連続している

宮沢賢治の人間嫌いは
「デクノボー」になりたいだけで終わっているわけではない
「デクノボー」と「題目」は二人三脚のかたちで　同行二人のかたちで
表裏一体の姿になっているのである
しかしそのことを　今日　誰もいわない
誰も問題にしない

おそらく宮沢賢治は　今なお　あの世で人間嫌いのまま
あいかわらず孤独のままでいるのではないだろうか

あの花巻こけしのように
あの何もいわない花巻こけしのように
静かな笑みを浮かべて　何もいわずにそこに立っているのではないだろうか

宇宙の彼方から　今でも　天の声がきこえてくる

ぼくは「ヒドリ」と書いた。　宮沢賢治

二〇一九年五月十九日

山折 哲雄

山折 哲雄（やまおり てつお）

宗教学者、評論家。1931 年、サンフランシスコ生まれ。

1954 年、東北大学インド哲学科卒業。国際日本文化研究センター名誉教授（元所長）。

著書に『愛欲の精神史』（小学館・和辻哲郎文化賞受賞）『日本仏教思想の源流』（講談社学術文庫）『法然と親鸞』（中央公論新社）『「身軽」の哲学』（新潮選書）など多数。

綱澤 満昭（つなざわ みつあき）

思想史家。1941 年、満州（中国東北部）生まれ。

1965 年、明治大学大学院修士課程修了、専攻は近代日本政治思想史。近畿大学名誉教授、姫路大学（元）学長。

著書に『日本の農本主義』（紀伊國屋書店）『農本主義と天皇制』（イザラ書房）『柳田国男讃歌への疑念』（風媒社）『日本近代思想の相貌』（晃洋書房）『思想としての道徳・修養』（海風社）『宮沢賢治の声 —啜り泣きと狂気』（海風社）『農本主義という世界』（風媒社）など多数。

ぼくは ヒドリと書いた。宮沢賢治

2019年9月15日　初版発行

著　者　　山折 哲雄・綱澤 満昭
発行者　　作井文子
発行所　　株式会社 海風社
〒550-0011　大阪市西区阿波座 1-9-9 阿波座パークビル 701
T E L　　06-6541-1807
印刷・製本　　モリモト印刷株式会社

ISBN978－4－87616－060‒0　C0095